魔豆

神使繪卷
The Story of GOD's Agents
11

神使繪卷 11

The Story of God's Agents

目錄

神使繪卷

【人物介紹】

范相思

神使公會執行部部長。
看起來約莫高中生年紀的少女。
個性有些狡猾，愛錢無人比。

宮一刻

繁星大學中文系一年級，暱稱小白。
眼神凶惡、個性火爆，但喜歡可愛的事物。
身為神使，也具有半神身分，
因緣際會成了曲九江的神！

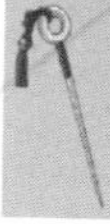

柯維安

繁星大學中文系一年級。
娃娃臉，腦筋靈活，但缺乏體力。
文昌帝君的神使，大型毛筆是他的武器。
自稱全天下的羅莉都是他的小天使。

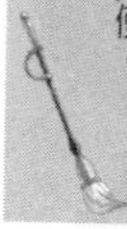

曲九江

繁星大學中文系一年級。
人與妖的混血，對周遭漠不關心的型男。
雖是半妖，也是宮一刻的神使。
出乎意料喜歡某種飲料！

楊百罌

繁星大學中文系一年級。
身為班代，個性高傲、自尊心強，
同時責任心也重；常被認為不好相處。
現為楊家狩妖士當家家主。

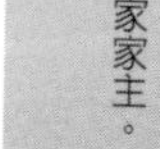

黑令

黑家狩妖士下任家主候選人之一。
身高超過190，靈力極高。
對任何事幾乎不感興趣，也提不起幹勁，
更加不在意自身安危。

珊琳

綠髮、深棕色眼睛的小女娃，
擁有操縱植物的能力。
真實身分是山精，楊家的下一任山神。

胡十炎

神使公會會長，六尾妖狐一枚。
雖然是小男孩模樣，卻已有六百多歲。
擁有天真無邪的面孔，惡魔般的毒舌。
魔法少女夢夢露的狂熱粉絲！

安萬里

繁星大學文學研究同好會社長，
同時也是神使公會的副會長。
文質彬彬，總是笑臉迎人，但其實……
妖怪「守鑰」一族。

秋冬語

繁星大學中文系一年級。
系上公認的病美人，面無表情、鮮少說話。
種族不明，隸屬神使公會一員。

蔚可可

西華大學外文系一年級。淨湖神使。
個性天兵、無厘頭，常讓兄長與一刻等人
頭痛，但開朗的個性容易結交朋友。

蔚商白

西華大學法律系二年級。
蔚可可的哥哥，亦為淨湖神使。
高中時因「無名神事件」與一刻相識。
個性嚴謹，曾任糾察隊大隊長。

楔子

傾絲覺得自己作了一個夢。

她是情絲一族的族長——之一。她體內有一半的「唯一」封印，另一半則是在她的孿生妹妹，情絲身上。

但這些對她而言，似乎也不具什麼意義。

或許就像她們一族的本質一樣，飄渺不定、形體不定，她的生命中也沒有過任何可以稱得上「重心」的事物。

「唯一」也是宛如煙霧，不具備心和情感，僅僅是一個異質又壓倒性的存在。

「唯一」，或者說蒼淚，就是災禍。

誰能忽略災禍的存在呢？

可是這些與她無關，只是她有時候會想，也許情絲一族和「唯一」是有著共通點的。同樣都是形體不定，飄渺如煙氣，還有沒心沒肺。

所以，封印才會落在「情絲」上頭吧？

她一直這麼想，直到她遇上了符邵音。

與邵音初見的那一幕，傾絲至今還記得相當清楚，無論是當時的顏色、氣味、溫度，都仍然在她的腦海裡，纖毫無損地存在著，不曾褪色。

那只是一場意外。

因爲太無聊而到外遊蕩的她，一時大意不察，被狩妖士擊傷。過重的傷勢讓她無法凝聚人形，只能還原成一團青色煙霧，再加上傷重的緣故，部分煙氣看起來就像潰爛般的爛泥。

傾絲痛恨這樣的外表，既醜陋又嚇人，但無力的她不得不暫時維持這模樣。

她必須找個地方躲起來療傷，卻沒想到她躲到了敵人的大本營，躲到了符家的地盤上。

然後邵音發現了她。

已經是名成熟人類的邵音——在「人」的眼中，那應該是所謂的中年年紀吧！——發現了維持不住人形的她。

邵音的皮膚看起來並不光滑，也沒有彈性，可是眼裡卻有著少女一般的奪目光采。

接著，眼中像是藏著另一個年紀的邵音伸出手，沉穩堅定地抓握住她這團醜陋的煙霧。

邵音沒有將她的存在透露出去，反倒幫她療傷。

於是從那刻起，傾絲感覺到自己輕飄飄的生命中，第一次產生了重量，有了重心。

她在符家留了下來，除了邵音，誰也不知道她的存在。

她看著邵音一人扛著「符」這個責任；看著邵音教導自己的孩子，即使她們都隱隱注意到，那個叫「符登陽」的孩子有什麼地方異於常人。

可是符登陽隱藏得太好了，他像個挑不出錯誤的完美優等生，雖說靈力偏低，但言行舉止都符合他人的期望。

只有偶爾，能看到那雙眼睛裡盈滿深不見底的黑暗……

傾絲是妖怪，她忽略了那份黑暗會對一個人造成多大影響，甚至走上偏離人的道路。

更何況，她所有的心思都放在她的人類朋友身上，朋友的孩子終究不在她的在意範圍內。

她陪伴邵音多年，那些年的辛苦並沒有壓垮邵音。

符家的家主總會慢條斯理地笑著說：「會有辦法的，別擔心。」瞇起來的眼睛裡流轉著少女般的光采與活力，不因歲月的磨蝕而有絲毫減退。

壓垮邵音的是一場大病。

那病來得又凶又猛，將邵音眼中的光芒殘酷地吞得一點也不剩，使她終日只能像具空殼般躺在病床上。

傾絲忽然意識到，她就要失去她的朋友了。

人類眞的是太過弱小。

她藏在暗處，聽見穿白袍的人類說時間不多，家屬最好要有心理準備；她看見有人離開，有人留下，有人睡著。

只有邵音一直醒著。

邵音看起來比往常還要更瘦、更小，似乎一抱就可以整個攬抱在懷裡。

於是她踏出藏身處，抱住了她的朋友。

邵音眼裡又出現光，那樣耀眼奪目，且生機勃勃，像是眼中藏著另一個年輕的邵音。

邵音說，就像以往那樣說，除了聲音微小到快令人聽不清。

「會有辦法的，別擔心……只不過是我要死了而已……妳可是妖怪，別掉眼淚。妳可是大妖怪、傾絲呢……妳要是哭的話，我不只會笑妳，還要讓妳做件事……」

「別哭，傾絲……就算是一點時間也好，妳可以……幫我守護這個家嗎？」

那是邵音對她說的最後一句話。

傾絲拚命想再聽聽對方的呼吸聲，但什麼也沒有。那單薄的胸膛徹底失去起伏，裡頭的器官停止了運作。

接著傾絲只聽見啪噠啪噠的水聲。

水花濺在邵音臉上，像小河似地蜿蜒交錯，再滑落。

傾絲心裡茫然，她想擦去邵音臉上的水，可是又發現，那水原來是來自她的眼眸。

原來是她在哭。

既然她違反了邵音的第一個要求，那麼她還可以遵守第二個。

「我會替妳守護……我答應妳，我答應妳……邵音，我一定會……」

「一定會爲妳守護這個家。」

懷抱中的軀體漸漸變得冰冷，前所未有的冷靜貫穿傾絲全身。她想，只要符家和邵音的身體還在，「邵音」的存在就不會消失。

所以她讓邵音的身體繼續活下去了。

情絲一族可以讓人忘卻記憶、忘卻感情、忘卻自己，她把傾絲整個人直接抹消，成爲符邵音，成爲眾人眼中因病而性情大變的符家家主。

她帶領符家躍爲三大家之首，狩獵妖怪不留餘地。

她不記得自己原來才是妖怪，不記得抹去他人記憶是與生俱來的能力，反倒誤以爲是種符咒法術。

再然後，是符登陽的事、維安的事、水瀾的事。

到頭來，仍舊是水瀾的事、維安的事、符登陽的事。

所有的一切簡直像是再次輪迴。

而在這場輪迴的盡頭，站著一名青色髮絲、左眼幽藍的女子。那張蒼白妖媚的臉孔布滿瘋狂的笑意，薄薄的紅唇彎出一抹弧度，從齒間微露出的舌尖像是吐著毒素的紅蛇。

那麼多的事模糊清楚、清楚模糊，二十年前和二十年後，傾絲和符邵音。

「會有辦法的，別擔心。」

「只不過是我要死了而已……」

「妳可是大妖怪、傾絲呢。」

「一點時間也好，妳可以……幫我守護這個家嗎？」

「我會替妳守護……我答應妳，我答應妳……」

「邵音，我一定會……一定會為妳守護這個家。」

「妳看看妳……」

「妳看看妳究竟做了什麼好事啊！」

「姊姊！」

怨毒的尖叫砸碎所有鏡花水月，無數東西碎裂。

傾絲覺得自己作了一個夢。

現在，夢醒了。

第一章

情絲與傾絲。

那是名字相似，就連容貌也相似到宛如同個模子印出來的兩個人。

在死寂又破敗的符家別館大廳裡，她們一人站著、一人坐著。同樣的深青色髮絲，同樣蒼白妖媚的臉孔，就像鏡裡和鏡外的影像相互對視。

最大的差異，只在於她們的眼珠。

情絲的右眼處纏著鬆垮的繃帶，從間隙裡透出過深的桃紅色澤。另一隻全然暴露在外的眼睛，則是一片純粹幽藍，將眼白和眼珠的界限全部吞噬。

至於傾絲，她有著完全符合情絲一族特徵的桃紅色雙眼。只不過此刻那雙眼眸，震驚又茫然地盯視著面前與自己幾乎如出一轍的身影，彷彿一時間還反應不過來眼前境況。

反應不過來的，不單是從符芍音體內被迫脫出的傾絲，還有尚被困在青牢裡的一刻等人。

當那聲尖厲的「姊姊」像是平地一聲雷地轟然落下，死寂般的靜默瞬間也席捲了整座別館大廳，靜得像是只剩下誰的急促喘息。

沒有人想到符家的家主居然早在二十年前就已去世，取代眞正的符邵音活下去的，赫然是情絲的孿生姊姊。

根據安萬里所言，那名離開情絲一族二十多年的另一位族長，傾絲！

但一切，卻也因此說得通了。

柯維安怔怔地望著青牢外的景象，似乎忘記自己身上的狼狽和金字紅紋，一雙大眼睛也像忘記該如何眨動。

青牢外，符登陽的屍體像被人遺棄般扔置在地上，一旁是胸口尚有微弱起伏的符邵音身體。

可是柯維安如今已經知道，那身體至今還留有一絲生命跡象，是因爲傾絲的部分仍待在裡頭。

而離他最近的，便是被抽走意識的符芍音。

符家三代就這麼毫無動靜地趴躺在地，形成了荒謬又怪誕的一幕。

夜間涼冷的空氣從牆上大洞不停灌進，卻驅不散盤踞在大廳裡的寂靜無聲。

大廳外，更是一片死氣沉沉的靜默，宛如整個符家莊園的人都沒有察覺到此處先前的巨大動靜。

那是自然，待在本館裡的符家狩妖士們，早就因摻了藥的茶水而陷入昏迷。他們不會曉得祭典生變，也不會曉得在別館裡被揭露的駭人眞相。

柯維安短促地吸了口氣，覺得好像能聽見自己腦海中的齒輪瘋狂運轉的聲音，凍結的思緒重新掙脫束縛，飛快流動。

他想，原來是這麼回事，怪不得當初怎樣想都不合理。

爲什麼那些被符登陽害死的童靈記不清二十年前的情況？爲什麼自己的記憶存在著時間上的落差？

——因爲傾絲將那些東西都抹去了。

成爲符邵音的傾絲，爲了以自己的方式守護符家、爲了保護取代第十三名孩童靈魂的「柯維安」，把那些她認定有害的東西一併抹消，不讓它們留下痕跡。

所以他知道自己是什麼——他只是半人半鬼，必須靠禁制支撐才能活著的存在——卻不記得符登陽，不記得另外的十二名孩子。

傾絲甚至寧願揹黑鍋，捏造出是她術法出錯，誤將自己召入屍身的謊言。

柯維安感到自己的眼眶一陣發疼，滾燙的液體溢出，沿著臉頰落下，將臉上那些血污又暈化開來，使得那張蒼白的娃娃臉看起來愈發猙獰嚇人。

「唉啊！」符廊香發出驚奇的喊聲。

那名一眼也染成淺藍的紅茶髮色少女還是保持著蹲姿，異形似的手臂在她的嬌小身體上格外猙獰。她抬起尖尖的下巴，像是驚訝又像是興致勃勃地打量著青牢內的娃娃臉男孩。

「維安哥哥，你在流眼淚？為什麼呀？是因為……」符廊香竊笑，像是發現有趣祕密的天真孩童，「自己竟然是被一名妖怪玩弄記憶嗎？」

「符廊香！」一刻厲聲暴喝，但馬上有人抓住他的手臂。

「沒事的，小白。」柯維安用另一手胡亂抹了下臉，不在意血污混著淚水暈開看起來有多嚇人。他的眼睛裡亮起光芒，像燃到極盛的火炬。

絲毫不管自己身上由金字和紅紋連成的禁制可能維持不了太久，柯維安衝著符廊香咧出一抹笑。

「我說過了，我可擔當不起有妳這樣的妹妹，符廊香！妳覺得那是被玩弄？那樣笨拙又溫柔的玩弄，我可還是第一次見到啊！」

柯維安的笑容越大，眼裡的光亮也越熾。那些似乎顯得搖搖欲墜的金字，在這瞬間也變得無比耀眼。

符廊香那張肖似柯維安的臉蛋，細微地扭曲了。

下一剎那，她的神情猛地扭曲成猙獰，原先的天眞爛漫再也繃不住。

只因爲柯維安說了：「爲免我們的話題聽起來像十八禁，玩弄什麼的就別再提了。可是妳有願意這樣對妳的對象嗎？明明彼此沒有關係，卻還願意這樣笨拙又溫柔地對妳。」

「妳有嗎？符廊香！」

嘹亮的男孩聲音就像一支帶著火的箭矢，直墜入符廊香心底，瞬間引發一片灼人大火。

她有嗎？她有嗎？

「維安哥哥，你眞的讓我好想要……撕裂你的嘴啊！」失去了天眞無邪的僞裝，留在符廊香眉眼和唇角的只有狠毒。

尖厲的話聲未落，那具嬌小身子霍然暴起，蹬躍至空中。同時，形狀駭人的兩隻手臂又分裂成數股，宛若海葵柔軟伸展，然而每一條觸手的末端都是鋒利的刺，轉瞬間便要兜籠罩下，卻不是如符廊香嘴中說的，要攻擊青牢內的柯維安。

那些尖刺攻擊的目標——竟然是離青牢不遠的符芍音！

柯維安頓時煞白臉，「符廊香！」

包括青牢內的一刻、灰幻和楊百罌，也是臉色驚變。

但有人比他們的動作更快，也比符廊香的攻擊還要快。

「廊香，誰讓妳妄動的？」

隨著那吐息似的柔軟嗓音在別館大廳內響起，散布地面的青色髮絲猝不及防地竄伸至空中，纏捲住符廊香的雙手，隨後迅速將那具身子重重扔撞向另一邊尚是完整的壁面。

符廊香的後背撞上牆壁發出沉重音響，似乎還夾雜著令人驚顫的詭異卡啦聲。

當符廊香沿著牆壁滑落至地面，她的頸骨凹折出古怪的角度，乍看下就像破敗的布娃娃。可是很快地，她把歪掉的腦袋扶正，臉上露出靦腆的微笑。

「對不起呢，情絲大人。」符廊香像做錯事的小孩吐舌道歉。可是突然間，她雙眼驚異瞠大，像目睹什麼驚人景象。

「情絲大人，小心！」符廊香尖銳地喊。

從她一時間身體無法有其他動作來看，顯然剛剛那一下的衝擊的確極大，否則她會先反射性跳起行動，而不是僅出聲音了。

情絲即刻轉身，然而聽見符廊香的警告再反應，速度終究慢了一拍。

情絲沒被繃帶包覆的藍眸大睜，倒映入她眼裡的，是一張和自己如出一轍的嬌媚容顏。

此時那張容顏上，那雙桃紅色的眼睛已不再茫然，取而代之的是凶狠和狠絕。

傾絲沒有如情絲所想的，耽溺在震驚中難以自拔。

相反地，她抓住了這個轉瞬即逝的機會。利用情絲分神的空檔，她雙手虛握再拉開，從掌心內平空出現大把深青色絲線。

青絲剎那間擰絞成一大束，頭尾變化出利斧的輪廓。

「無論妳逼我現身是爲了什麼，我都不會讓妳破壞邵音最重視的符，情絲！」傾絲抓住長柄中段，竟瞬間再拆成兩把青色大斧，一把迎向情絲，一把反手向後橫砍，將困住柯維安等人的牢籠攔腰砍斷。

面對迎來的青斧，情絲飛速退避。她的嘴角拉出瘋狂笑意，若隱若現的右眼也像閃動著異樣光芒，彷彿樂見於現在的發展。

同一時間，灰幻的一隻手臂崩解成無數沙石。它們整齊劃一地將傾絲製造出的空隙擴大，成了讓灰幻粗暴將牢裡眾人一舉踹出的洞口。

對待還有意識的一刻等人便如此暴力，對待還昏迷著的蘇染、蘇冉，以及負傷的黑令，灰幻更是沒有想過要手下留情。

「媽的！灰幻！」一刻剛撐起身，就瞧見自己的青梅竹馬被人不客氣地扔出。他咒罵一聲，急忙一手抓住一個，對於黑令卻是無暇顧到了。

當黑令摔墜在地，他的傷口不可避免地又迸滲出鮮血。

只是這名灰髮青年最多是眉頭微蹙，連吭也沒有吭一聲。

「灰幻！」反倒是目睹此景的楊百罌怒視神使公會的特援部部長。即便她對黑令亦沒有好感，但總歸是她好不容易穩住傷勢、止住血的。

「死不了的。」灰幻從青牢裡跨步邁出，仍維持少年模樣的臉孔沒有太多表情，卻讓人能感受到一股不耐煩的暴躁勁。

待那些沙石還原成灰幻的手臂，他腳下猝然發力再踏。瘡痍遍布的地板驟裂，從裂縫中爭先恐後地鑽冒出大小石塊，全往青牢一股腦撲去，頓時將那座由青色絲線做成的牢籠緊緊壓鎮在底下。

既然還無法確定如何有效除去這堆絲線，倒不如先壓著，免得再添亂。

轉瞬間青牢消失在大廳裡，灰幻又瞥了楊百罌一眼，「那小子是個變態，可他也是帝君的徒弟。」

楊百罌雖然不是神使，但也和公會多有來往，自然聽聞過灰幻崇拜張亞紫的事。她抿了抿唇，當下明白過來，那名灰髮妖怪在用自己的方式給柯維安出氣。

「我沒興趣評斷你的作爲，不過即使如此，這時候我也不會贊同。讓傷患的傷勢加重，只會對我方不利。」楊百罌亦有自己的堅持，美眸強勢盯視回去。

「等他死了再來跟我抱怨吧！」灰幻不客氣地冷笑，單方面地掐斷談話，眼前可沒有多餘時間留給他們浪費。

灰幻和楊百罌的爭論相當短暫，誰也沒有特意加大音量，因此正扶著屁股、嘴上哀號抱怨站起的柯維安並未注意到。

「太痛痛痛了……我眞的懷疑灰幻是不是挾帶私仇了……小白，你救你的青梅竹馬，也不要忘了救你的甜心，也就是人……」柯維安的哇哇叫驀地哽住、嚥回喉嚨裡，卻不是發現到一刻額角正突冒青筋的緣故。

柯維安睜大眼，眼裡全被突然落至他們身前的纖細背影佔領。

那是傾絲。

將情絲逼退至別館外，傾絲便抽身立退，提著兩把巨大青斧，不發聲響地佇足在一刻他們身前。乍看之下，簡直像是要用一己之身，將後方一票人全擋護在自己背後。

柯維安無意識地抓住一刻的手臂，後者難得沒有多說一句話。

「我不在意你們這些兔崽子怎麼想。」那明明是和符邵音截然不同的聲音，但話裡的傲氣和強橫，卻與一刻他們相處過、所知道的「符邵音」相同，「我所做的一切都是為我自己。而你們，自己的命自己顧好，接下來我也沒有多餘心力去顧你們。」

傾絲頓了頓，半側過臉，桃紅眼珠似乎冷漠到了趨近於冷酷，然而底下彷若能窺得火焰燃燒。

「情絲一族的絲線，唯有『鳴火』能徹底消滅。你們皆非鳴火，就盡可能地將之斬斷吧。」

「鳴火？」一刻第一次聽見這名詞，他望向柯維安，得到的是一個搖頭；再望向楊百罌，那雙艷麗的眸子裡也充滿幾分茫然。

「不是指火焰，那是種族的名字。」灰幻繃著臉開口。

「唉啊，你們沒有鳴火呢……」符廊香撐著地，終於慢慢撐起自己。她晃晃兩隻變異的手臂，臉蛋上漾起甜甜的笑。她將雙手置於身後，一步、兩步地順著牆上大洞往外退，退到了另一抹妖媚人影的身畔。

屋外燈光照射下，微歪著頭的情絲看起來蒼白而瘋狂。

「鳴火哪……」情絲慢慢說道，蒼白的指頭觸及眼邊，那片幽藍愈發引人感到不祥，「鳴火很難找到了，對不對，姊姊？那可是和我等同齊名的存在，卻比我們還稀罕。」

和「情絲」同齊名的存在？

情絲一族是怎樣的妖怪?他們是最弱也最棘手，他們是——

「難、難不成!」柯維安霍然一個激靈，掐在一刻手臂上的手指甚至不自覺地用了力，「情絲、呑渦、妖狐……鳴火?」

「四大妖!?」一刻瞳孔收縮，喊聲更接近抽氣。他飛快看向灰幻，只見灰髮少年沉默地點頭，默認了他的猜測。

一刻心裡瞬間一沉。

所謂鳴火居然是四大妖之一，別說找了……他們該死的根本就不知道鳴火長的是圓是扁!

一刻暗暗攢緊拳頭，忽地感覺到皮膚像傳來遊走的觸感。他一怔，眼角瞥視到柯維安正對他點點頭。

一刻立時穩下心神。

管他有沒有鳴火，都必須闖過這關、擊敗情絲才行。

「我們會有辦法的。」一刻的聲音不再猶豫，堅定得像沒有任何東西能夠阻擋在他前方，「別擔心，總會有辦法的。老子的人生目標，從來就不包括被掛在這裡這個選項。」

傾絲不禁微震，她曾經聽過這樣的話語。

有人總會瞇起光采奪目的眼，笑咪咪地對她說：別擔心，總會有辦法的。

傾絲忍不住回過頭，瞧見白髮男孩一臉堅毅，瞧見娃娃臉男孩和褐髮女孩的眼裡都有著光，像是永遠也不會熄滅。

傾絲心裡生出一絲恍惚，她做了那麼多，連自己都不曉得是對是錯……即使她最開始，只是想要完成一個約定。

可是現在，傾絲知道不論對錯，自己都不曾後悔過。

「沒有鳴火又怎樣？同族相殘，要有一方落敗也不會是難事。」傾絲冷冰冰地對上情絲的眼。

那是她的孿生姊妹，她們擁有相同的眉眼，可是她們彼此之間毫無感情。

情絲一族就像煙霧，形體不定，無愛也無感情，縱使是血親之間。

這也就是爲什麼，她完全沒預料到情絲竟會奪走符登陽的軀殼，取而代之地來到符家，策劃出一樁樁陰謀。

「情絲。」傾絲的腳步忽地動了。雖說是同樣妖媚的面容，她的氣質卻顯得冷傲凌厲，像把出鞘的劍刃，一如這二十年來，眾所皆知的符家家主，符邵音。「妳我無愛無憎，妳今日究竟爲何前來？若是單單針對我，就不該將無關之人也拖下水。」

「無關之人？呵……怎麼會是無關？」情絲指尖還是沒有離開自己的左眼，彷彿還微微地沒入眼眶。那詭異的動作，就像是隨時會把眼珠從裡頭刨挖出來一樣，「那些都是符家人，符就跟妳有關啊，姊姊。我對妳確實無愛也無憎恨，可是……」

情絲的嗓音溫柔，眼波似水。她的一字一句異常清晰地擴散在夜氣中，蔓延至別館大廳。

「可是，我現在有個很想要、很想要的東西，想要得不得了……所以我只能來找妳了。雖說花了點時間，但總算是找到妳了。妳還沒明白過來嗎？我的左眼，妳以爲是什麼原因才變成這樣的？」

情絲咧開唇角，進而溢出瘋狂的咯笑。

「我說過了……看看妳究竟做了什麼好事啊！姊姊！」情絲的咯笑倏地拔成尖喊，一頭長長髮絲就像群蛇暴起。

與此同時，空中浮現出數也數不清的青色絲線。

深青細線密密麻麻地縱橫交錯在情絲後方，宛如盤踞成一張碩大無比的蛛網。

「妳帶著一半的封印離開族裡，妳把自己當成人類，妳爲了不相干的符掏盡力量。化作靈力的力量不可能再回復，是妳讓封印減弱的。我的封印若是鎖，妳的封印就是鍊。一旦纏縛在鎖上的鍊鬆脫了，會發生什麼事不是顯而易見的嗎？」

情絲舉起另一隻手，掌心上也出現大把青色絲線。

「既然妳把我害得這麼慘，就把我想要的東西給我吧，姊姊——就把妳身上的半個封印給我！」

情絲迅雷不及掩耳地動了，她手中青絲往虛空一甩，瞬間竟自黑暗裡拖拽出什麼。

「我操！」一刻髒話憋不住地衝出。

青色絲線另一端，接連的赫然是符家人。

那些年輕男女的面孔對一刻他們來說是陌生的，可是白底黑盤釦的祭典服飾，卻是再清楚不過地標明了眾人身分。

「你們不喜歡嗎？不喜歡的話，等情絲大人使用完這批後，我再去本館那帶來新一批人如何？」符廊香興高采烈地大笑起來，就像沒發覺到屋內人齊齊變了臉色。

一刻他們不可能聽不出話裡的意思，他們立即明白過來，本館那些昏迷的符家弟子，現在反倒變成情絲手上的籌碼，只要她願意，還可以繼續抓來其他人。

「好了，廊香，去陪妳的維安哥哥玩。至於姊姊妳，就把封印交出來，爲了我等的『唯一』哪！」

情絲藍眸戾光一閃，掌中絲線隨她操引再動。

剎那間，那些該因藥效喪失意識的符家弟子們，竟一個個張開了眼睛。他們雙眼空洞、缺乏神采，彷彿只是無靈魂的人偶。

接著，這些人偶不由分說地掏出符紙，只見一把把兵器在白光中驟現。

「小白！」柯維安在這一秒大叫。

「知道了！」一刻毫不猶豫地扣住柯維安的胳膊，將人往另個方向用力一扔。

柯維安在地板上靈活滾動，迅速抄起角落裡的背包；一刻也召出白針，全速往前疾奔。

「楊百罌，蘇染他們就先拜託妳了！」

面對一刻拋來的叫喊，楊百罌的愣怔只是轉瞬，馬上理解自己的任務。

「汝等是我兵武，汝等聽從我令！」楊百罌指間飛射出數張符紙插立於地，精準地將蘇染、蘇冉、黑令，還有符芍音圈納在符紙範圍內，「圍守之界！」

淡白色的透明障壁即刻升起，有如最堅固的堡壘，沉默地守護著領地裡的四人。

黑令反射性想張開手指，將自身靈力凝聚成形。

可是當第一個銀紫色光點剛冒出來，霍然又被黑令親手掐滅了。

黑令想到那張絕望又幾欲瘋狂的娃娃臉，想到那詛咒般的嘶聲吶喊，及那聲抱歉。

「……要說的，應該是我，對吧？」黑令鬆開五指，改壓按在自己傷口上。

下一秒，大量銀紫光點如破堤的河水，奔湧至傷口下。

黑令從來不曾動用靈力替自己療傷，他不在意痛楚，不在意很多事。他總覺得活著太無聊，就算死了也沒關係。

可是這一次……他覺得不是沒有關係，他第一次希望自己沒受那麼重的傷。

——這樣他的朋友，也不會露出絕望又瘋狂的表情了。

楊百罌注意到結界裡的動靜，她冷厲的線條驟然放鬆，旋即又迅速繃起。

不止是蘇染、蘇冉、黑令、符芍音，還有一個人。

「楊百罌！」一刻喊聲再度傳來。

楊百罌抬眼，足下同時有了動作。她飛身躍起，雙臂及時接攬住被一刻使勁拋來的瘦弱身軀。

那是符邵音的身體。

沒了傾絲在裡頭，那具身體卻還保有一縷呼吸，但也僅僅只有這樣。

「傾絲的一部分還留在符邵音體內，否則就會和符登陽一樣，只是屍體罷了。」粗礪的聲音在楊百罌身後乍現。

接著，年輕的楊家家主感覺到自己有些失速的身勢被一股力道穩住，有人自後阻斷了她的後退。

「趕緊做完宮一刻要妳做的事，然後拿出妳的全力來，楊家的小鬼。別讓我失望，范相思對妳的評價挺高的。」也只有灰幻可以用這種硬邦邦的語調諷刺人。

將符邵音也送進自己用符術架出的結界，楊百罌站直身子、撥開髮絲，嬌艷的臉蛋冷若冰霜。

「這話該是我要說的才對。」話聲方落，楊百罌掌中已攢住新一批符紙，「汝等是我兵武，汝等聽從我令，明火！」

飛竄至空中的符紙自燃出火焰，轉眼又分裂出多顆火球。

熾烈的緋紅火焰沒有馬上鎖定敵人，而是在半空中升起眾多石塊後，頓時包纏上去，隨後如同箭矢般，朝屋外齊齊發射。

本來要竄入別館的符廊香，被這波攻勢阻止了腳步，畢竟她是以木頭為身的鬼偶，對火焰尚抱持著幾分忌憚。

就在這當下，別館裡的眾人已盡數奔出。

柯維安抱著從背包中拿出的筆電，向一刻點了點頭，「接下來就按我們說的計畫行事吧，小白。」

「少逞強，不行了就喊。還有把我之前的感動還來，混蛋！」

感動？柯維安思路一旦恢復清晰，就運轉得飛快，一晃眼就猜出一刻的真意。

「啊！你是說玩弄、十八禁那段話？」

「幹！去……滾你的蛋！」一刻下意識想罵出「去死」，可是來到舌尖的話猛地吞下，轉變成另一句粗魯的驅趕。

明白柯維安當初為何會說自己已經見過地獄後，就算只是口頭禪，一刻也不想再對柯維安說出那兩個字。

柯維安又豈會察覺不出一刻那份彆扭的體貼，他心頭立時熨上熱度。

「甜心、甜心，我果然超級愛你啊！不過身為男人，說什麼都不可以說出不——」

「不幹事是真的想知道『死』字怎麼寫嗎？」

突如其來的一腳，踹斷了柯維安滿腔熱情的呼喊。

灰幻無視柯維安被自己踹得撲地、臉埋地。他大步走向前，順道暴躁地發出咂舌聲。

灰幻身上本來就沒有「體貼」這項成分在，他只知道速戰速決，最重要的是得到結果。

「時間拖長對你沒半點好處，柯維安。」

「咳呃……我越來越懷疑你真的是挾帶私仇了，灰幻……」柯維安爬起來，胡亂抹抹臉，順便呸出不小心吃進嘴裡的塵沙。那張娃娃臉經過那麼多次擦拭，上頭的血污反倒淡去不少。

柯維安比誰都理解灰幻的那句話，就算他不再受縛於眞相，卻依然改變不了自己身上的禁制支撐不了太久的事實。

符芍音的血只是暫時鞏固了崩解的金字，如果連紅紋也撐不住，那麼等在前方的，就唯有禁制毀壞的下場。

到時候，自己……

不，還不到那時候！柯維安深吸一口氣，快速瞄了在另一方對峙的情絲與傾絲，隨後直望站在火石之後的符廊香。

「禁制要毀掉才有趣。」符廊香眼彎彎，燦爛的笑容和柯維安有幾分相似，「你明明也是鬼，鬼就該有鬼的樣子，維安哥哥。」

符廊香最末兩字咬得份外甜蜜，也份外用力。隨即兩隻細瘦的腳像羚羊蹬跳，揮甩的駭人手臂隨著身子在空中一扭，也猛然張開張牙舞爪的數根觸手。

然而底下四人，像是早有了準備和計畫。

柯維安手指猛地探進筆電螢幕，重新從柔軟如水面的螢幕底下拖出一支巨大毛筆。

同時，灰幻也大力拽住柯維安的衣領，用著和纖細手臂不相襯的粗暴力道，霍地將柯維安遠遠擲甩出去。

「什——」失去攻擊目標的符廊香愕然，反射性扭頭。

那方向，是情絲她們那邊！

柯維安原來沒有要和自己對上的意思嗎？符廊香稚氣的面容扭曲，可是突來的變故逼得她不得不立刻再扭轉身子。

地面乍生的粗大石柱來勢洶洶地往上刺冒，倘若符廊香再慢上一步，只怕就要被扎掛在石柱尖端上。

符廊香稍嫌狼狽地落地，一眨眼，她發現成排的石柱就像城牆一樣，把她和另外兩抹人影留在這側，不讓她輕易追去。

而那兩人，沒有一個是和自己外貌相似的娃娃臉男孩，不是她渴望親手撕裂的維安哥哥。

「這樣子……眞的太過分了。」符廊香的錯愕轉爲甜美的笑靨，卻掩不住從中散發出的絲絲陰狠，「維安哥哥竟然把你們留給我？你們到底是什麼時候暗中計畫好的？過分、過分，他怎麼能不陪我玩？」

「妳是白痴嗎？既然都是暗中了，最好還會讓妳知道！」一刻扯出獰笑，對符廊香的話語嗤之以鼻，也不打算說破他們的計畫擬定，就是憑靠著柯維安在他臂上的書寫，「還有，陪妳玩？別笑死人了，妳他媽的想指名柯維安，也要看妳夠不夠格。死小鬼，還輪不到妳哪。」

「你！」

「浪費時間的言論就到此爲止，再多廢話也改變不了妳的結局，符廊香。」楊百罌抽出符紙，艷麗的臉龐面無表情，美眸裡像含著碎冰，森冷得令人畏懼，「不是該存在的東西，就乖乖地回去應待的地方——汝等是我兵武，汝等聽從我令，疾雷！」

迅速凝結在半空的銀白電光，瞬間爲這場戰鬥果斷拉開序幕。

第二章

符廊香感到氣惱，感到焦躁，感到越來越多難以言喻的東西在心裡橫衝直撞，似乎等到某個時機，就要一舉衝破堤防。

刺眼的銀白雷電在空中如蛟龍遊竄，旋即又像數把鋒利長劍，筆直劈打下來。

符廊香不喜歡火，同樣也不喜歡能引發高溫的雷電。她急促地在多方電光下跳躍閃躲，但好不容易奪得一個空檔，由背後傳來的強大凶氣又讓她寒毛直豎。

幾乎是本能的反應，符廊香往旁邊翻地一滾。

下一秒，只見自己原來的位置多了一道凹痕，地面被一股強橫力道壓得迸裂開來。

白髮男孩眉眼狠戾，細長白針在他的操控下，釋放出十足十的凜凜壓迫感。

符廊香沒想到同樣是神使和狩妖士的搭配，眼前兩人居然比柯維安和黑令還要棘手。

「這不對！我明明連維安哥哥和他的朋友都能打敗的！」紅茶髮色少女忿忿不平地大喊，被藍色侵佔的眼瞳底像有浪潮翻湧。

「打敗？放你媽的屁！」一刻不屑吼道，和楊百罌一前一後地將符廊香包夾住，「黑令喝了被下藥的茶，柯維安受到打擊，要是沒有這些狗屁原因，妳最好還有辦法站在這裡吠！」

符廊香臉色青白交錯。一直以來都是她以言語操弄人，何曾被人用這種粗暴語句狠狠扔砸過？

符廊香緊咬牙關，狠毒的眼眸瞪著白髮男孩與褐髮女孩。

「可惡、可惡，爲什麼好多事都令人火大……明明鬼應該跟鬼玩的，明明維安哥哥也會成爲我們這邊的……沒錯，如果不是你們出現——殺人者就該是殺人者！」

符廊香冷不防揮甩出兩隻變異手臂，伸展開的數條觸手間赫然又湧冒出多條更爲尖細的觸手。

它們從符廊香手中脫離，像水蛇般飛快擺動，前端猝然再張開滿是利齒的裂口。

眾多宛如八目鰻的可怕大嘴，登時朝著一刻和楊百罌凶猛咬去。

這太過突如其來的攻擊讓兩人大吃一驚，閃躲上也立即生出幾分驚險。

「幹幹幹！這X的是在演《異形》嗎！」

楊百罌聽見一刻大爆髒話，心裡有個聲音催促她趕快回到一刻身邊，但同時還有個更強大的聲音在阻止、在斥責。

楊百罌最後不再猶豫地選擇聽從後者。

如果想要和小白並肩戰鬥，就更應該盡好自己的責任！

楊百罌美眸一凜，在閃避觸手的幾個起落間，手指再度攢住數張符紙。

空白的紙面眨眼滲出黑墨，像是漆黑的小魚快速遊走，構成繁複符紋。

當深墨遊走到底，符紙也被楊百罌果斷撒出。

「汝等是我兵武，汝等聽從我令，飛鳶！」

長條符霎時摺成紙鶴般的模樣，七隻飛鳥勢如破竹地直衝前方，尖銳的鳥喙刺穿了那些尖細觸手，不留情地沒入皮肉底下，再洞穿出來。

符廊香壓根沒去管那些脫出她手中的觸手，她立刻奔往另一頭，打算闖過石柱群，回到情絲身邊。

可是符廊香萬萬沒有料想到，在她踩著石柱表面接連跑躍的同時，那些堅硬的石柱也起了變化。

它們如同活物，任憑符廊香跑得多高，仍不停增長。

下一剎那，石柱無預警轉爲柔軟的沙粒。

腳下驟然失去施力點，符廊香的身子頓時失去平衡，從高空往下掉落。

符廊香睜大眼睛，大感驚愕。只不過她驚愕的並非是自己將要摔墜地面這件事，而是、而是……

有人在電光石火間，霍然一掌扣上她的後腦！

什麼？誰!?

驚疑的念頭剛一閃過，符廊香的視野就被黑暗佔據，伴隨而來的是恐怖的燒灼劇痛。

「啊啊啊啊啊！」淒厲的慘叫就像是從身體最深處爆發出來。

符廊香聽見自己在尖叫，只是那聲音聽起來更像獸類的慘嚎。

好痛！好痛！好痛！

那是和昨晚相同，但又更勝數倍的痛苦。

符廊香的腦海全被痛苦佔據，她不知道方才那瞬間，自己是被疾竄至身邊的白髮男孩扣住了後腦，並且在抓著她撞往地面的同時，橘色神紋一口氣從左手無名指擴散，蔓延至整個手掌。

「柯維安會成為你們那邊的是什麼意思？說清楚！」一刻暴喝，絲毫不因眼前的敵人是名少女就有所留情。

既然是敵人，就沒有是男是女的差別！

一刻猛地揪緊符廊香頭髮，迫使那張面向地的臉孔抬起。

可是就在這瞬間，該是稚氣少女的面孔卻成了一片光滑木頭。

一刻大驚，手指的力道跟著鬆開幾分。

符廊香沒有錯過這空隙，馬上腰身大力一扭，雙腳猝不及防地朝一刻猛烈踢蹬。

「小白！」楊百罌見到一刻遭偷襲，連忙心急奔上，攙扶住一刻往後跌退的身子，眼眸裡滿是掩不住的慌亂溢出，「小白，你沒事……你還好嗎？」

「沒事，只不過是一時大意被踹了一腳。」一刻不以為意地抬起手，也拒絕了幫忙。只是捱那麼一下，在他看來連傷也稱不上。

沒發現到身旁女孩轉瞬的失落，一刻握緊白針，凌厲的目光像是刀子，朝不遠處的符廊香戳了過去。

癱躺在地上的紅茶髮色少女彷彿放棄反擊，她的臉蛋已恢復往昔的甜美可愛，但蒼白得像褪盡血色。

「哈啊……」符廊香撐起脖子，大口喘著氣，眸裡倒映出一刻和楊百罌的身影，她想到了柯維安的嘹亮質問。

「可是妳有願意這樣對妳的對象嗎？」

「明明彼此沒有關係，還願意這樣笨拙又溫柔地對妳……」

「妳有嗎？符廊香！」

她有嗎？她當然沒有！

可是，憑什麼維安哥哥會有？

符廊香咧開嘴角，感覺到在心底橫衝直撞的那股暗黑情感終於破柙而出，將她從嘴裡吐出的字字句句浸染得怨毒。

「唉啊，你們不知道嗎？」符廊香咯咯笑著，雙手已然回復形狀，凌亂的髮絲有部分焦黑了，像遭到高熱灼燒過。

撐躺在地的符廊香看起來蒼白又脆弱，換作常人見了，只怕會忍不住生起憐愛之心。

但是，一刻和楊百罌卻是愈加防備。

他們心裡再清楚不過，那不是人類，那是處心積慮要傷害柯維安的鬼偶。

「知道什麼？」一刻沉著嗓音逼問，握在白針上的手指沒有絲毫鬆懈。

「嘻……呵呵……」符廊香細聲竊笑，似乎樂意和人分享這個祕密。

「維安哥哥的身體可不是木頭，是別人的屍體。他是靠文昌帝君和符邵音……啊，現在要說傾絲了，對吧？他是靠她們聯手下的禁制，才將魂魄固定住。但是啊，禁制就快要碎了啊！鬼月陰氣最重，但假使不是維安哥哥自己控制不了情緒，也不會碎得那麼快。」

「只要禁制碎光光，身體也沒辦法撐太久。畢竟追根究柢，那也不過是屍體呀！沒了身體，維安哥哥就只是凶靈……你們沒有忘了他是什麼吧？他是殺人者，他是殺人者！」

「殺妳老木啊！」一刻的怒吼不客氣地蓋過符廊香的笑聲，「我管他生前是什麼，那個小子就是柯維安，就是我的朋友！有人讓妳動他了嗎？啊？」

「柯維安是我系上的人，看在同學之情，我也不會讓妳再有動柯維安的機會，符廊香。還有芍音，妳也別想再次傷害她。汝等是我兵武，汝等聽從我令！」

楊百罌猝然出手，這次多了張黃色符紙斜斜插進符廊香身周，剛好將她圍困在中間。墨色字紋一口氣佔據整張符紙，勾勒出完整符咒。

符廊香好似沒有發覺自己正身陷險境，死命地瞪著一刻和楊百罌，瞪著即使知道柯維安身分，也像不會動搖心志的兩人。

她以爲可以看見排斥、厭惡，但是，爲什麼沒有？

這不公平、這不公平、這不公平。

符廊香瞳孔急遽收縮，破柙而出的黏稠黑暗一路往上淹沒，覆住她的口鼻，讓她即將滅頂。

「電隨意走！」楊百罌催唸出最後咒語。

霎時，銀白電光在符紙與符紙間遊走，激烈地擦撞著，匯聚出更巨大的電流。

就在電光交織成網狀、氣勢萬鈞地朝符廊香頭頂蓋下的剎那，一刻卻看見一條細長黝黑的細線，正瘋狂快速地從符廊香心口湧現。

那是，欲線！

「幹！」一刻不知道楊百罌的全力一擊能不能消滅符廊香，他只知道倘若讓瘴或瘴異入侵對方體內，那事情絕對不是鬧著玩的。

一刻想也不想地射出白針。

交錯閃爍的電光吞沒了白針和符廊香的身影，直到好一會兒，電光才逐漸消停。

白煙瀰漫，焦臭的味道隱約混在其中……

「小白？」楊百罌不認為一刻會無端再補上那一擊。

「……有欲線。」一刻只給出這三字。

但言簡意賅的三字，足以說明一切。

楊百罌心下一震，急忙和一刻快步上前確認情況。

可是隨著遮蔽視線的白煙和塵沙散逸，兩人卻是反射性地停住腳步。

先前遭到雷擊的地面如今大片焦黑，其中還有一具同樣焦黑難辨的木頭人形，一刻的白針正深深地刺入肩胛的部位。

那應該是符廊香……或者說，符廊香的軀體。

而在那具面目全非的木頭人形旁，赫然無聲無息地浮立著另一抹身影。

那身影像是裹覆著漆黑的斗篷，臉孔處一團混沌黑暗盤踞，看不出面貌，唯有當中的兩簇猩紅特別扎眼。

那就像是兩隻鮮紅似血的眼睛。

「唉啊……差一點點呢。」

清脆的咯笑聲聽起來悅耳，只不過落在一刻和楊百罌耳中，只覺像是不祥的宣告。

那是符廊香的聲音。

緊接著，漆黑人形浮現了面容。大大的眼睛，臉頰和鼻尖有著淡色雀斑分布；笑起來的時候，眼睛就像彎彎的弦月。

那是符廊香的臉，唯一的差異或許是她的雙眼。

一眼鮮紅，一眼融合了原本的淺藍，形成詭譎渾濁的顏色。

符廊香伸手撫上自己色調詭異的眼，笑得天眞爛漫，「幸好情絲大人傳來的污染不夠重，還可以……」

「讓它／讓我，」

「鑽進來／鑽進去。」

甜美和粗嘎的嗓音疊合在一起，宛若不同的兩人，同時用符廊香的嘴巴在說話。

「雖然身體沒了。」

「可是新的身體再找就有。多麼簡單，渴望、願望、希望，誰都有無止盡的欲望。」

「我們會有更棒的身體。」

「沒錯，我們。」

符廊香臉上露出奇異的笑容，猙獰又天真。

寒意浸透一刻臟腑，他太明白眼下是什麼情況，他不止見過一次。

「操他的……瘴靈融合。」一刻繃著聲音，咬牙切齒地擠出字。

「是的呢，是的呢，就是瘴靈融合！」符廊香歡快地說，高亢的音調如同歌唱。她雙手背後，一步步往後退，「那眞是美好的感覺，怪不得情絲大人也如此樂在其中。好了，現在爲了我等的『唯一』，我要去尋找新的身體了。本館那有好多身體任人挑選，不是嗎？」

尾音未落，符廊香的身影就像鬼魅般掠出，一晃眼就投入和別館截然不同方向的夜色裡。

「該死！」一刻瞬間意會符廊香的目的。

本館的符家人已全部昏迷，可就算他們此刻沒有足夠的欲線和心靈空隙能讓瘴異入侵，也還是能成爲瘴異次一等的活動用身體。

就像之前誤闖符家祠堂，還許下願望的那名男大學生！

可是一刻剛踏出一步，頓時又硬生生地收住身勢，彷彿有某種無形的東西阻止了他。

「小白？」楊百罌訝異地看著臉色突然鐵青的白髮男孩，不明白發生了什麼事。

他們這時候不是要趕緊追著符廊香過去嗎？

「她說，情絲也樂在其中……她用了『也』……」一刻像是沒聽見楊百罌的疑問，喃喃地說，一股顫慄轉瞬爬上後背。

「我的天……」楊百罌下一秒也反應過來，她倒吸一口冷氣，美眸驚駭地睜大。

「這未免也太靠杯了……」一刻乾巴巴地說，不敢相信他們都沒有在第一時間發現到，情絲一族的種族特徵反倒造成他們的盲點。

「情絲」——形體不定，化爲人形後眼珠定是桃紅色澤。

所以他們理所當然地把情絲從繃帶間露出的右眼，誤當成顏色偏暗的桃紅色。

那該死的才不是什麼桃紅色！

「情絲不止被『唯一』污染，他媽的還早被癉異入侵了！」一刻背脊發冷，想到柯維安他們面對的不單是單純的四大妖之一，還是個被雙重污染的妖怪。

安萬里不在，他們不曉得受「唯一」污染會怎樣。可是一刻無比清楚，體內一有癉異，情絲的力量只會超乎想像。

「楊百罌！」一刻不由分說地抓握住楊百罌肩頭，眼神嚴厲，「去幫柯維安他們，妳立刻過去他們那裡！做什麼都好，快去幫他們！」

「等……但是小白你呢？」楊百罌敏銳地察覺到，一刻的話語中並沒有包含他自己。

「我去追符廊香！」一刻果決地說。不待楊百罌開口，他飛快鬆開手指，轉身疾奔往符廊香消失之處。

「小……！」楊百罌強迫自己將最後一字嚥下。縱然焦灼於一刻居然獨自行動，可是理智上她明白，這時候依照一刻的指示行動才是正確的。

必須趕到柯維安他們那邊去，必須支援戰力才可以！

楊百罌咬咬牙，臉上的緊張轉眼被冷肅取代。不再遲疑，她即刻奔往自己該去的地方。

□

當雷電撕裂夜間寂靜、轟然砸下之際，那陣驚人的聲響，也透過綿延展開的石柱群，沉沉傳遞至柯維安等人所在的位置。

柯維安立即判斷出來，那恐怕是另一端的楊百罌在施展符術。

「看樣子，是電隨意走吧?班代那招是越練越驚人了……」柯維安舔舔乾澀的嘴唇，嚐到上頭些許的血腥味，應該是在不知不覺間裂開了。

柯維安分神瞥望石柱群一眼，只希望一刻他們那邊也能平安無事。畢竟那可是符廊香，用天眞包裹狠毒的鬼偶少女……

「柯維安，不想死就專心一點!前面!」

驀地一聲暴喝，瞬間拉回柯維安神智。

柯維安連忙靜心凝神，同時也驚險地避開一名符家人自前方劈下的森寒刀刃。

落空的長刀重重砍上地，在上頭斬出一道深深痕跡，足以想像揮刀之人的力氣有多大。若是眞的落在人體上，又會造成多大的傷害。

柯維安看得出對方的攻擊都是以置人於死地爲目的，可是他也明白，那不是那名符家人的本意。應該說，那些圍攻他的符家人，只不過是被情絲強壓意志在上的人偶。

他們都被情絲操控。

柯維安咂下舌，惱怒於情絲的手段，偏偏此時不論是他或灰幻，都無法抽身離開這裡，只能繼續被大批符家人包圍。

將心思放在前方，柯維安一時沒發覺到斜後方有陰影悄然逼近，待他聽見灰幻的嚴厲警告、反射性轉頭時，那名符家人的武器已然舉起。

鋒利的劍鋒在柯維安大睜的眼眸中烙下鮮明的冷光。

說時遲、那時快，柯維安腳下的地面搶先一步有了異變。

他還來不及做出應變的反擊，平坦的地面已先鑽立出粗大石柱，不偏不倚地撞擊上那名偷襲者的胸口。

凶猛的力道和極快的速度加乘起來，頓時將那人撞得連飛數尺，還連帶撞上其他幾個反應不及的同伴，狼狽地滾成一團。

「沒用的小子，教你專心點是聽不懂人話嗎？別給帝君丟臉！」守在石柱群前的灰幻恨鐵不成鋼地斥罵。

知道自己理虧的柯維安摸摸鼻子，不敢申辯。他剛剛眞的大意了，要不是灰幻及時出手，他身上勢必要多出一道……

「啊！不對、不對！灰幻，你的力道會不會太大了點？那個被你打飛的符家人不會有問題吧？就算狩妖士皮粗肉厚，也只是普通人類啊！」

倏然想到最重要的一點，柯維安忙不迭地大叫道。他馬上檢查起那根平空生出的石柱，再轉向那群倒成一團的人，確認石柱末端沒有血跡、那幾人也還有動靜後，他稍微鬆一口氣。

「少問那些廢話了。」把柯維安的舉動收在眼裡，灰髮少年臭著臉，冷嘲熱諷地扔出句子，「我要是沒手下留情，石柱就該是尖的而不是平的。還有，你以爲我是爲了什麼傻站在這裡嗎？你這個蠢蛋！」

灰幻雖說外表年少青稚，可他那一番大罵氣勢懾人得很。特別是他獨特的粗礪嗓音一拔高，就像是轟雷，磅礴有力地落下。

柯維安差點就想堵住耳朵，躲到一旁。但一來自己真這樣做了，灰幻鐵定會毫不留情地把他也劃入攻擊目標裡；二來，是他還真的沒什麼地方可以躲。

柯維安吐出一口氣，雙手穩穩握住毛筆筆桿，筆尖明豔的金色墨漬發亮。而他的腳下，是筆電呈開啓狀態地擱置著，好隨時補充不足的金墨。

包含先前撞滾成一團的幾人，十來名符家弟子再次從四周一步步逼圍過來，他們的手裡當然不可能毫無寸鐵。

不管男女、不管年紀，那票人都是狩妖士，利用符紙化作武器，對他們來說僅僅是再基本不過的技法。

也不知道是不是情絲打算以貓捉老鼠的心態耍弄人，那些受到操縱的人們慢條斯理地縮短著雙方的距離，而不是一口氣圍衝上來。

柯維安承認，這樣的確可以增加人們的心理壓力，但對此刻的他而言，卻是慶幸著自己又能夠再爭取到更多時間。

沒錯，時間。

柯維安和灰幻沒有馬上闖過這些符家人的包圍，直接來到情絲眼前，就是爲了要有足夠的時間——一口氣將所有會妨礙的符家人，壓制得再無行動與反擊能力。

要突破符家人不是難事，可是如此一來，還得不時提防他們的攻擊。尤其他們只是普通人類，要是一沒拿捏好力道，就怕因此重傷或喪失性命。

況且，傾絲最重視的就是「符」，這些人也會成爲束縛她的弱點，讓她無法全心全力對付情絲。

綜合諸多因素，柯維安和灰幻才會決定採取現在的行動。

灰幻凝聚妖力，好做足一舉施放大型術法的準備；柯維安在這段時間裡，就負責充當防守的盾牌，攔阻下那些想靠近他們的符家人。

「灰幻，你那邊還要多久？」柯維安雙眼緊盯逐步接近的年輕男女，腦中同時快速盤算著接下來的攻擊方式。

他不是體力派，再加上自己身上的禁制可能撐不了太久……

「你再不快點，我怕師父來，就眞的見不到她可愛乖巧又惹人憐愛的徒弟了！」

「帝君什麼時候有那種徒弟了？作夢也不要現在作！」灰幻刻薄地回話。他一邊穩定地替石柱群注入意志，一邊操縱著灰色的結晶粒子在地面遊走，使之交錯、散開，逐漸勾勒出複雜的圖紋，「最多再五分鐘！」

「五分鐘……聽起來我好像還可以……唔啊啊！符家人不管是醒著還是昏著，果然都很棘手啊！」

「那你就慶幸情絲沒把主意動到符芍音身上。」

「哇！呸呸呸！說那什麼話？灰幻，你可別烏鴉嘴！」柯維安氣急敗壞地回頭嚷嚷，「有些東西是不能說出來的！我都不敢說了，以免好的不靈，壞的……噗呃！」

一坨凌空飛起的泥沙扔上柯維安的臉，也阻斷他的喋喋不休。

灰幻雙手抱胸，冷峻的線條使得他的側臉看起來像是硬石鑿刻出來。他沒有多扯廢話，只是簡潔重複。

「再五分鐘。」

柯維安吐出不小心誤吃的沙子，用手背大力擦擦臉，沒有再哇哇叫地抗議這記偷襲。

娃娃臉男孩不發一語地面向只剩數步之遠的敵人們，所有的嬉笑怒罵盡數收起，眼神堅定凜冽。

再五分鐘。

爲了自己的同伴，爲了自己的朋友，只要再五分鐘。

「所以說啊……誰都不能越雷池一步！給我通通退到後面去吧！」柯維安氣勢驚人地高喊，蓄勢待發的毛筆終於隨同他的飛衝向前，揮動出第一筆。

金墨瞬時濺灑，宛如煙花。

第三章

金燦的墨漬在夜間極其耀眼，即使隔了一段距離，情絲還是能夠看見在黑幕中揮劃出的鮮明痕跡。

情絲覺得那很美麗，但還是比不過它的主人在得知二十年前眞相時，扭曲絕望的表情。

「但是他已經撐過那眞相了，沒有被眞相擊倒的維安……有點乏味和無趣啊……」情絲喃喃低語，飄忽不定的身影接連閃過傾絲的雙斧攻擊。

傾絲沒有聽清楚完整句子，可是她捕捉到了其中幾個字。她聽見「維安」，她不認爲從情絲嘴裡吐出這個名字，有任何好的意味。

「我不會讓妳對維安再出手的，情絲。」傾絲眼眸如火炬，妖媚的桃紅色，在她眼中就像化爲翻騰的烈火。

傾絲霍然再由不同方向揮斬出青色大斧，溢著殺氣和煞氣的斧鋒，幾乎就要斬中目標。

但終究只是幾乎。

雙斧擦過情絲的衣角，華麗的布料碎片伴著青色髮絲紛飛。

妖媚的青色人影在這之中詭譎地移動步伐，一下便退出雙斧可觸及的攻擊範圍。

至目前為止，情絲還沒有眞正出手攻擊。她只是一味退避閃讓，然而那身影看起來更像是在惡意耍弄人。

情絲輕巧無聲地躍退了一大步，回到她架起的青色大網前。她身姿彷若無骨地掛倚在上，幽藍的左眼瞇起，覷望著那抹和自己如此相似、又如此截然不同的身影。

分明是同樣的五官、同樣的妖媚容顏，可是從傾絲身上散發出來的，就是剛硬銳利的傲氣。就連她的站姿，也如一柄凜凜長槍，滿是震懾人的冷厲氣勢。

情絲拉開薄薄紅唇，綻放出滲著瘋狂氣息的微笑。

她的姊姊……眞的是改變太多了，一點都不像是沒心沒肺的情絲一族。

可是就是這樣，才更有趣，不是嗎？

已經擁有重要事物的姊姊，要是能一舉破壞她看重的東西……那張臉孔一定會扭曲成讓自己覺得美麗無比的表情。

絕望、絕望，還有更加絕望，把這些悲慘至極的欲望，都送給它們的「唯一」吧！

「呵……對維安『再』出手？姊姊，妳說錯了哪。」情絲輕柔地說，髮絲如瀑地傾落而下，與青網的絲線交繞在一起，大片顏色簡直就像要將人吞噬，「二十年前對維安動手的人是符登陽，是妳最重視的符邵音的親生兒子。」

傾絲面無表情，像層層霜雪製造出的面具。

可是情絲還是從對方驀地眨眼的小動作，捕捉到面具上的一條細縫，她竊喜地笑了。

「我頂多是送了維安一個和他一樣的同伴，廊香非常喜歡她的維安哥哥。」

「閉嘴。」

「她一直很期待能夠和她的維安哥哥見面，她總是問我，爲什麼一個曾是殺人者的凶靈，也可以享受關愛地活下來？鬼偶不就該有鬼偶的樣子嗎？」

「閉嘴！」

「哪，姊姊，我也覺得維安還是回復本來面目有趣多了。不過妳放心，我不會對他動手的。」

情絲的語氣愈加溫柔甜蜜，像是與人纏綿私語。

「因爲不須我動手，不是嗎？禁制一毀，他的身體就會崩潰。沒了肉體，他就只能回歸爲凶靈。已經知道再度活著是什麼滋味的他，想必會無比渴望著再活下去。渴望著、渴望著，然後他的欲望……」

「我叫妳閉嘴！」

「……終將引來癉。」

凌厲的喊聲仍掩蓋不住情絲甜蜜又惡毒的呢喃。

情絲俯望著臉色煞白的孿生姊姊，她像被逗樂般咯咯笑起，隨後笑聲轉為顛狂的高笑。

「別跟我說妳沒想到呀，姊姊。不管誰要趕來都沒用，他們來不及、也阻止不了我。我要你們的欲望，還要妳身上的封印！姊姊，讓我們一起為終會復活的『唯一』解開封印吧！」

「妳的話眞的太多了，情絲！」

傾絲身影倏然如青色雷電飛掠，一雙大斧更是挾帶雷霆萬鈞之勢追向情絲。

與此同時，傾絲的周身更是平空湧竄出眾多青色絲線。

追隨著大斧舞動的軌跡，這些絲線勢如破竹地直逼青網上那抹妖媚人影。

面對多重攻擊，情絲唇角噙著媚笑，幽藍的左眼和繃帶間若隱若現的右眼，卻是空洞得像是沒有感情。

若是此時有第三人在場，只怕會下意識地全身顫慄。

因為那根本就像是披著人皮的「異常」存在。

情絲突然反手抓向青網一角，當她的手指抽離，潔白掌心也已握住一把驚人的長柄大刀。

同樣由無數絲線交繞成形的大刀，迅烈地擋下了自面前劈來的第一把大斧。緊接著，情絲雙腳一縮，翻身躲過針對她身下的第二把大斧。

當她像是毫無重量地踏上青網上的幾條絲線，垂下的髮絲也迅雷不及掩耳地架住傾絲的青色絲線。

「別用青絲了，姊姊，妳我都討不到好處的。」情絲柔聲地說，「就用妳的斧和我的刀吧，然後我們總有一方會落敗。」

「那方只會是妳，也只能是妳。」傾絲眉眼冷酷。

「呵呵，我很期待呀……傾絲姊姊……」情絲溫柔的喃聲像是信號。

下一剎那，兩道堪比同個模子印出來的人影同時出手。

傾絲的雙斧凶猛強悍，情絲的長柄大刀亦不遑多讓。

斧與刀不斷交接、退開，再交接、退開，勢均力敵的兩人一時間難分勝負，誰也沒辦法立即佔得上風。

相較於傾絲的沉默應戰，情絲似乎還多了一絲說話的餘力。

在兵器擦撞造成的激烈聲響中，情絲輕柔的嗓音猶如一條蛇，狡詐滑溜地穿過空隙而來。

「明明是妳欠我的，姊姊，是妳做的好事。」

「妳我皆爲情絲一族的族長，身上各自負有一半『唯一』的封印。」

「原本封印不可能有裂縫的，我也不可能受到污染。可是妳卻寧願爲了一個人類家族，無止盡地消耗自己的力量。」

「轉爲靈力的力量不可能再回復，於是妳的妖力日漸衰竭。如果我不來，妳就會像個虛弱的老人，可憐又可悲地死去。」

「我不覺得可憐，也不覺得可悲。妳本來就不該來符家，更不該拿走符登陽的身體。」

傾絲眼神平靜，但底處是冰冷至極的凍火。她手上的雙斧隨著身姿翻舞出連綿斧影，熾白的利光不給人喘息餘地，咄咄逼人地逼近情絲。

「符登陽已經死了。」

「符邵音也早就死了啊，姊姊。」

情絲被雙斧的蠻力逼得滑退，可是她仰起臉，對著眼前的傾絲，一字一字地吐出沾有毒素的話語。

將傾絲像被摑了一掌的驚慄表情納入眼內，情絲感到喜悅在心底膨脹開來。

果然非常有趣啊！人的心、妖的心，人的欲望、妖的欲望。

「呵呵……哈哈哈哈哈！」情絲放聲大笑，身形頓時散成大股煙氣。失去抗衡的大斧眼看就要往前傾墜，傾絲及時穩住。

「姊姊，全是妳的錯……」

情絲的身影消失了，但她的嗓音依舊從四面八方出現，無孔不入地圍繞著傾絲。

「妳不為了符家耗損力量，封印就不會鬆動，進而出現裂縫，也不會害得只有我遭到污染。如此一來，符登陽就會在那場車禍中徹底死去，而不是再度歸返符家，煽動那些可愛童靈的怨恨。」

「噢，還有水瀾。小紫藤花多麼單純，被抹去了一段記憶，就將妳、將符，視為可憎之人。她真的也很可愛哪！若沒有她，我還得另外花一番工夫，才能將維安引來。」

「姊姊……」

情絲的話聲忽然轉為輕微，像是拊在人的耳邊說著悄悄話。

「我知道呢，妳會守著那株小紫藤成長，是因為她讓妳在潛意識中，將自己和符邵音重疊了是吧？我知道妳也重視她，所以我啊，在繁星市時也狠狠地傷害她。我會等著維安和她一樣，都被瘴或瘴異……」

「鑽入心靈的空隙。」

「就像我。」

「就像她。」

輕柔的呢喃聲裡，霍然揉入了令人毛骨悚然的嘶啞聲音。

傾絲聽見了那道聲音，身體本能一震。可是還來不及真正意會過來情絲的話中含意，冰冷的觸感冷不防貼上她的頸側。

一雙像水蛇般柔軟冰涼的手臂，自後圈住了傾絲的脖子，沒有溫度的吐息落至她的皮膚。

「妳說得沒錯，姊姊。我們之間有一人必須落敗，但怎麼可能會是我？妳忘記了嗎？妳啊，爲了符家耗損多少無意義的力量呢？」

情絲的吐息和手臂瞬間全部抽離傾絲身上，但傾絲還是一動也不動，像是仍沉浸在那道出自情絲之口，卻非情絲之聲所帶來的震驚中。

但實際上，傾絲的僵立卻不是陷入震驚之故，那並不會爲她帶來壓抑、痛苦的神色。

無月之夜，在符家莊園燈光的照耀下，傾絲的身影就像遭到釘穿的蝴蝶標本。數根銳利纖細的絲線從地底下鑽出，穿透了她的四肢和部分身軀，連帶封鎖住她的行動。

傾絲的深青髮絲和貫穿自己的絲線交錯，影子凌亂地投映在地，看起來既脆弱，又有種妖異的美感。

如果可以，情絲願意將這幅畫面永遠凝固。

「可惜……就是不行。」飄忽的青色煙氣一點一滴地塑回人形，情絲撫上自己的左眼，「要拿到封印，就得破壞妳的身體。呵……姊姊妳的眼神很好，妳眞的相信我當眞不會用絲線對付妳？」

無視傾絲狠絕的視線，情絲指尖下移，落至紅艷的嘴唇上。

撫著紅唇，情絲咯咯笑著：「我當然是騙妳的，妳怎麼就傻得相信？妳眞的中人類的毒太深了。若是以前的妳，又豈會輕易被我矇騙？要不我待會下手輕一點好了，又或者是，我讓妳最重要的『符』親自下手好不好？」

繾綣的話聲依稀停留在夜氣裡，尚未從傾絲耳畔離去，另一端的戰場卻已是——異變陡生！

□

柯維安從來沒有想過，有一天會覺得五分鐘如此漫長。那應該只是短短的五分鐘，可是如今他只感到度秒如年。

符家人密集的攻擊一波波湧來，讓柯維安避無可避，顧了那頭，又險些顧不了另一頭。他自己都計算不出這短時間內，自己揮動了幾次毛筆、打退了多少敵人。或者說，他壓根就連思考都分不出神。

用毛筆筆桿一次承接住多方金屬兵器的攻擊，柯維安粗重地喘氣，綳得泛白的手指絲毫不敢放鬆勁道。就怕只要一個鬆懈，那些鋒利的刀刃、劍刃，或是其他武器，就會毫不留情地全招呼下來。

他已經夠狼狽了，真的不須再增加任何傷痕！

由於人群擋住了視野，柯維安無從得知情絲與傾絲的戰況究竟如何，讓他不禁心急如焚。

「灰幻，你到底好了沒？」柯維安雙眼直視那些像人偶的符家人，咬牙切齒地大叫道：「這五分鐘也太久了吧？明明我期中考或期末考，三個小時『咻』地一下就過去了啊！」

「你當你現在是在該死的考試嗎！」灰幻暴躁地吼回去。

柯維安急，他同樣也急。偏偏準備施展的術法並非一蹴可及，一定得按部就班。眼前地面的結晶圖陣仍有一部分未完成，說什麼也啓動不了。

「我還寧願考試！就算是考火星語的語通也可……」柯維安的叫喊驀地斷成兩截，隨即不敢置信地大叫一聲：「什麼!?」

「什麼鬼？」就連灰幻也面露強烈的錯愕。

原本個個欲置柯維安這方於死地的符家人，竟突如其來地一致收手，那一雙雙空洞無神的眼睛也紛紛離開柯維安身上，彷彿再也引不起他們的注意力。

下一剎那，所有符家人提著武器，全部往另一個方向奔去。

那是情絲和傾絲的戰場！

當阻擋視野的人群散開，柯維安頓時覺得自己的心臟像要停止了。冰冷的感覺如同從身體各個角落瘋狂推擠而來，竄湧到腦門。

不……

柯維安不確定自己張嘴喊了什麼，等他眞正意識到自己嘶喊出聲音時，他聽見——

「灰幻，快阻止他們！求求你了！」

柯維安驚慌失措地追著那些遠去的符家弟子們。

那瞬間烙印進他眼中的景象，鮮明得讓他雙眼一陣刺痛。

理應威凜傲然的青色人影，如今卻被數根鋒利絲線貫穿，有如脆弱的虛幻標本。

情絲倚靠著大網高笑，嘴角盡是殘酷，像是將這一幕當成了美好的風景。

符家的年輕狩妖士們越來越靠近動彈不得的傾絲。

最前端有人高舉起手臂，眼看就要將手中長槍擲扔出去。

說時遲、那時快，符家別館周圍的土地驀然震晃，高聳的石柱群如軟泥般崩塌。

「那些使人作嘔的把戲，給我到這裡爲止！」灰幻蹲在地上，眼瞳中的蒼白虹膜像是一圈懾人的火焰。他雙手虛握，有若抓著什麼猛力掀動。

頓時，震晃不已的地表就像被一雙看不見的大手使勁一掀，如洶湧波濤般連綿不止。

不僅如此，難以計數的深灰結晶粒子更像旋風，一股股地自地下纏捲上那些遭到操縱的狩妖士。

只不過一眨眼，所有符家狩妖士赫然被硬石包裹全身，只留露出頭部，徹徹底底地斷絕他們再有行動的可能。

可是即使灰幻一口氣壓制住狩妖士們，終究還是無法阻止那柄已脫出持有者掌心的長槍。

銀亮的槍頭猶如一束流星，急速與傾絲縮短距離，眼看就要直達她的身前，沒入華麗衣料底下的柔軟血肉中。

「不──」柯維安嘶聲大吼。

就在這千鈞一髮之際，凜冽的女聲劃破夜色。

「汝等是我兵武，汝等聽從我令，疾雷！」

熾銀色的雷電乍然自夜空中劈下，當場擊落長槍，更是硬生生將那把長柄兵器劈得焦黑、冒起黑煙。

柯維安提到喉嚨的一顆心倏地放下，他差點雙腿一軟、跌跪在地。但他還是奮力支撐住自己，急急扭頭望向聲音傳來之處。

柯維安一眼就看見楊百罌冷傲卻又值得信賴的身影，他的眼眸剛放光，緊接著卻又染上驚異之色。

只有楊百罌一人，她身後並未見到白髮男孩的蹤影。

「班代……」柯維安的疑問很快轉爲緊張，「班代，小白呢？小白怎麼沒跟妳在一起？」

「他去追符廊香。」楊百罌簡短解釋，手裡捏攢著符紙，一雙美眸警戒萬分地鎖著青網前的情絲。

「符廊香和瘴異融合，舊身體被我們毀了，她想要去本館那尋找新的身體。細節之後再說，現在有更重要的事要處理。情絲不單是被『唯一』污染，她同時也早被……」

「早被什麼？廊香跟你們說了什麼嗎？」情絲輕柔地說，她的身子明明還倚在青網前，可是話剛吐出，身子便成飄渺煙氣。

再聚成人形時，竟已站在傾絲身邊。

情絲伸手撫上那張和自己相同的臉，沒有溫度的吐息輕輕拂至傾絲臉上。她說：「叫符對妳動手也是騙妳的，我只是想看看那些人慌張的樣子。其實，我更喜歡自己動手哪，姊姊。」

那是發生在眾人都措手不及間的事。

情絲蒼白的手指還停留在傾絲皮膚上，看起來像是什麼都沒有做。

可是，事情確確實實發生了，在還沒有人真正意會過來時。

柯維安張大雙眼，他離情絲和傾絲最近，也看得最清楚。

然而這名娃娃臉男孩就像只是「看著」，眼裡納入景象，大腦卻沒辦法跟得上速度，成功理解出那幕畫面所帶來的含意。

一根青色絲線銳利地從傾絲右眼下刺穿出來。

那線極細，如果不是還微微地反著光，或許柯維安也不能立即注意到。

刺穿眼珠的絲線沒有帶出血花，依舊乾淨無瑕，就像其他貫穿傾絲身體的絲線。

只不過，這次傾絲再也壓抑不住痛苦。她仍完整的另一隻眼睜張得極大，瞳孔卻是劇烈收縮。

就在更接近呻吟的嘶氣聲自傾絲嘴唇溢出，柯維安霎時像是被重重地摑了一掌。他眼睫急速眨動，稚氣的臉孔扭曲成彷若哭泣的表情。

他終於眞正意識到，傾絲受到了怎樣的傷害。

不……不不不！柯維安覺得自己嘶吼出聲，可是他聽見的其實是楊百罌和灰幻驚駭或憤怒的喊聲。

造成這一切的情絲卻是被取悅般，笑得樂不可抑，緊接著她豎起食指，置於唇邊，宛若傾訴動人話語地說：

「這是多麼美麗的標本，不是嗎？」

柯維安雙眼如遭火灼，他終於撕心裂肺地吶喊出來：「情絲！」

柯維安無法多想也不能多想，他提起蘸滿金墨的毛筆，雙眼赤紅地朝情絲衝去。

那矮小卻敏捷的身軀，轉眼間拉短與情絲的距離。

柯維安高高躍起，凝聚全身力氣的毛筆就要朝著情絲揮下。

情絲意外地不閃也不避，紅唇還噙著媚笑。

假使換作平常，柯維安一定會下意識覺得有異。可是現在，他的腦海被強烈情感翻絞得難以冷靜思考。

於是等到他發現異常的時候，任何心理準備也沒有。

他的毛筆的確揮下了，然而甚至還未觸及到情絲一根髮絲，從筆尖開始，專屬於他的神使武器竟如雪片般崩解、散逸……

金黃色的光之雪片片片飛下，眨眼在夜幕裡消匿了行蹤。

柯維安最後落地時，手中什麼也沒有抓住。

陪伴他走過無數次戰鬥的毛筆，就這麼完全消失了。

柯維安震驚茫然地瞪著自己空無一物的雙手，一時像是不知道發生什麼事。

下一瞬間，他喉嚨裡湧出破碎的呻吟聲，娃娃臉覆上駭恐，手指尖的紅紋開始龜裂了。

情絲抬起一根手指，一束絲線直衝門戶大開的柯維安疾射。

電光石火間。

「汝等是我兵武，汝等聽從我令，圍守之界！」

淡色光壁瞬間拔起，擋下了鋒利的青色絲線。

旋即無數深灰沙石包圍住情絲。

情絲一甩寬大華艷的袍袖，身形就像旋風消失在沙石中央。

「呵……」

當那抹華艷的顏色再出現時，情絲從後貼近傾絲的臉，蒼白的手指扳住對方，迫使傾絲在被絲線貫穿的情況下，不得不扭過臉，左眼清晰地將另一張與自己相同的面龐納入眼底。

然後，傾絲被痛苦佔去大部分的思緒猛地凍結了。

她的孿生妹妹不再遮掩著另一隻眼，右眼上的繃帶被尖細的手指扯落，露出完好無缺的——根本不是暗桃紅的眼睛。

這是傾絲回復記憶以來，第一次如此近距離直望情絲的眼。

一直在繃帶間半隱半現的，原來不是偏暗的桃紅，而是像血液凝固的不祥猩紅。

就傾絲所知，只有一種妖怪，可以連情絲一族的眼瞳顏色都改變，將其化為血紅的色澤。

它們備受其他妖怪忌憚，身形漆黑如闇影，雙眼猩紅似血，專以欲望為食。

欲望倘若失衡，終將生出欲線，最後被它們吞噬心靈、入侵身體。

它們有一個共同的名字，它們是……

「瘴!?」灰幻不敢置信地失聲吼道。即便他是百年妖，也從來沒想過居然有妖怪遭到雙重污染。

情絲不僅僅被「唯一」污染，她的身上還寄附著瘴。

「怎麼……可能……」柯維安抬起頭，像是費了極大力氣才將乾啞的聲音擠出。

「怎麼不可能？」

「為什麼不可能？」

情絲的紅唇張闔，吐出的卻是兩道聲音。一道屬於自己所有，一道則是粗啞刺耳，就像截然不同的另一人藉著她的嘴巴說話。

繃帶從情絲指間飛出，在夜裡像拍翅的白蝶。

「『唯一』的污染只是部分，這不妨礙我的入侵。以你們的稱呼來看，我可不是瘴，是瘴異哪。」粗啞的聲音低低笑起，「也幸好污染只達到了一半，畢竟只是四分之一封印的裂縫。如果污染完成，我可就享用不到如此美好的欲望，也沒辦法將這些獻給我等的『唯一』。呼喚我，召喚我……」

「然後，入侵了我。」柔媚的女聲吐息似地說。

情絲像是沒看見傾絲驚駭的眼神，笑意擴大，瘋狂也滲入越多。

「我之前說的都是騙妳的呢，姊姊。情絲一族無愛也無感情，我們的生命簡直空洞乏味得可怕。妳還會因爲無聊離開族裡，可是我做不到，我連心都是空洞的。然而，只要一想到這乏味的生活會延續到我不知道的盡頭，我就覺得自己要瘋了。」

「什麼都好，讓我也擁有欲望吧！於是我這渴求欲望的欲望，引來了……」

「瘴異。」

「我。」

情絲咧開詭異的笑，左藍右紅的眼眸散發著異樣且令人毛骨悚然的光芒。

「妳還不明白嗎，姊姊？一切都是騙妳的啊！是我召來了瘴異，是我主動讓自己身上的封印因瘴異入侵出現裂縫，那眞是有趣到令人無法想像的事。我想要更有趣、更有趣，我想要這個世界是我等『唯一』復活後的有趣世界。」

「我找到了妳，找到了另外半邊封印的下落。衰弱的妳在無意識中讓封印一角和妖力外露，讓我能輕易地把妳、把眞正的妳揪出來……哪，姊姊，所以就是現在了，該是讓情絲一族承擔的封印合而爲一的時候了！」

情絲的指尖猝然刨挖向自己的左眼，毫不留情地戳刺進去。

可是從眼眶中剝出的卻不是幽藍的眼珠，赫然是大股桃紅色煙氣，間或夾雜著絲絲深青。

同一時間，傾絲被刺穿的右眼處也滲湧出同樣煙氣。

兩股煙氣彷彿互相吸引，飛快地在空中交揉在一起。

接著這團煙氣往上直衝，在高空轉瞬間凝爲實體的線條。

這一幕震懾住在場另外三人，就連灰幻也是初次目睹「唯一」的封印原貌。

桃紅色線條往四面八方延伸，一下子便將符家莊園和棲離山覆於底下。線條還在曲折變化，它們看起來更像是錯縱交纏的荊棘。

尖利的刺紛紛突冒出來，飽滿的色澤似乎只要再深上一分，就會像極浸染在血液中的血珊瑚。

桃紅荊棘構成了巨大圓形，深青的線條則在圓中扭曲爲十二個古怪的符號，像是字，又像圖紋。

它們錯落有致地分布，將圓切割爲均等的十二等分，隨即又有桃紅荊棘在符號內層組成數個同心圓。

多重圓形交疊，使得這巨大的圖陣乍看下簡直像齒輪與巨鐘的組合。

柯維安仰著頭，瞬也不瞬地驚恐瞪著上空，彷彿不察自己的左手指尖已逐漸剝落皮肉，露出蒼白的指骨。

柯維安多希望是自己看錯，可是他眞的看見那把像是時針的粗大荊棘，「卡」地往前移動了一小格。

他想到封印早就有裂縫，想到封印可能會被成功解開。

可是更多的，他想到的是傾絲的安危。

柯維安慌張地爬了起來，想要趕至傾絲身邊，只不過有人比他快了一步。

情絲突然揚起手指，貫穿傾絲身子的絲線刹那間全數消失。

傾絲身影馬上往下墜。

「傾絲！」柯維安還來不及接近，就見平空再現的大量青絲，包裹住那抹像是失去聲息的青色人影。

「姊姊不能讓你們帶走哪，維安。」情絲掩唇，柔媚地嬌笑著。但無論是她的藍眸或紅眼，皆一片空洞，毫無溫度和情感可言，「她的妖力不多了，但總歸也是力量。還有你們，還有這裡和棲離山的符家人……呵，既然今天是祭典之夜，所有人……就通通成爲破除封印的祭品吧……」

話聲甫落，一直盤踞在情絲身後的青色大網竟四分五裂，難以計數的大量青絲飛散各處。它們的速度太快，甚至當柯維安等人有所行動時，便已靜止下來。

那一根根青色絲線懸停在視野所及的每個人頭頂上。

包括柯維安、楊百罌、灰幻，包括被硬石包覆住的符家狩妖士們。

絲線末端鋒銳無比，像金屬般閃著森冷微光。

它們就像一場靜止的青色細雨，只不過這場雨將不會是柔軟的，而是殘忍無情。

這種命懸一線的情況下，不管是楊百罌、柯維安或是灰幻，都無法再有任何舉動，更遑論是從這場隨時都可能落下的青色絲雨中，對其餘符家人伸出援手。

情絲滿意地看著一切都在自己的掌控之下。她施施然地在浮空的絲線中穿梭行走，步子緩慢而優雅，曳地的髮絲和華艷的衣襬在死寂的黑夜裡交織成詭譎的風景。

「破除了這個封印，再來就是尋找下一個……等到破除了那一個，就能……呵……」情絲輕柔地喃唸著，神情介於清醒與恍惚間，「我等就能迎接『唯一』的重新復活……你們說……」

青色人影霍然停步，她歪著頭，蒼白妖媚的容顏上盛綻出教人打從心底悚然的瘋狂笑容，左眼幽藍，右眼猩紅。

「這多麼有趣，對嗎？只可惜，或許除了維安以外，你們在場的每個人，都難以再見到那光景了哪……」

最末的一個字拖得餘音裊裊，然而與其相反，情絲的雙眸異光大盛，蒼白的手指以迅雷不及掩耳的速度，狠絕地抬高劃出。

那指尖就像刀刃在空中劃出一條線，同時也宣告著要斬斷眾人的生機。

懸停的青色雨絲好比被按下啓動鍵，停滯住的一場雨終要降下，鋒利的尖端會刺穿頭頂，筆直地貫入腦袋底下。

情絲臉上的笑容愈發瘋狂，可就在下一瞬間，她從未預料到的事，霍然發生！

在青絲僅離一寸就要刺入血肉的剎那，淡白色光壁像是浪潮般，一口氣橫阻在青絲與眾人之間。

情絲的笑容首次凍結，眸子裡滿是不敢置信的神色。

可是不待她再有動作，一道陌生的年輕男聲無預警橫插而入。

「我去死，你們去活，究竟誰過得幸福，唯有神知道。（出自《蘇格拉底》）」

聲音不是格外響亮，卻清晰分明地進入所有人耳中，彷彿來自多方。

與此同時，淡白色的光壁下突然生出更多四方壁面。它們像格子般將符家人一個個包覆住，隨後就在情絲瞠大的眼眸中，一併平空消逝在這處土地之上。

只不過轉瞬間，情勢被扭轉了。

「我必須說，妳要是把我可愛的學弟、學妹，還有不太可愛的同事當成祭品，我會挺傷腦筋的呢。」令人如沐春風的悅耳男聲，這次單一地從一個方向傳來。

沒人知道那名黑髮斯文的眼鏡男子何時出現，他一手捧著一本小巧的黑皮書，另一手像習慣性地推了推鏡架。鏡片後的眼珠呈碧綠色，半邊臉頰覆著些許石片，讓人一眼就能辨認出他是非人類。

「終於和妳見面了，情絲小姐。」安萬里闔起書，溫和地微微一笑。

第四章

情絲不知道面前忽然現身的年輕男子是誰。她知道那也是妖怪，她能聞到妖力的氣味。

可是，那特異的力量是怎麼回事？

他施放了結界……然後又單憑結界，就把符家的狩妖士一舉排除出眼前戰場……那到底是怎樣的力量？

情絲破天荒地被驚愕的情緒包圍，這種前所未有的陌生感覺，使得她思緒空白了片刻，難以言喻的輕微顫慄貫穿後背。

與情絲的震撼截然相反，柯維安等人可以說是又驚又喜。

在情絲眼中看來全然陌生的年輕人，對他們而言可謂無比熟悉。

「狐狸眼……不對，副會長大人！」柯維安激動地喊，還一時嘴快地喊出他私下給對方取的綽號。他連忙重新換上稱呼，大眼睛裡滿是光芒閃爍。

「我聽到了，維安。」安萬里似笑非笑地睨了柯維安一眼。不管是在怎樣的場合，他似乎都不會失去那份悠閒、從容，「不過這次就放你一馬吧，你再多忍耐一會。」

安萬里目光滑過柯維安身上的血污、金字，還有已經從手指尖碎裂的紅紋。從他就算見到柯維安左手的數根手指變成了白骨，依然平靜的神態來看，顯然他對柯維安的身分同樣知情。

柯維安的笑容僵了一下，很快轉為苦笑。他本想撓撓臉頰，但憶及左手的指骨暴露後，訕訕地改換了另一隻手。

「你要是再慢一步，就可以準備替我們收屍了，安萬里。」灰幻陰沉著臉，危機解除後的鬆懈才剛浮上，就被他扔到角落裡。在事情確定落幕之前，他都無法放鬆，「還有，我也不想從你口中聽見『可愛』這兩個字，倒胃口。」

「所以我才說你不可愛哪，灰幻。」不在意同事苛刻的言論，安萬里望向楊百罌。對於女孩子，他的語氣溫和了幾分，「辛苦妳了，學妹，妳做得很好。對了，我想妳不須擔心小白的安危。」

楊百罌的嬌顏染上吃驚，像是不明白安萬里怎會知道一刻獨自涉險去了。可是緊接著，她又猛然意會過來，安萬里這樣的說法簡直就像看穿自己心繫著一刻。

向來不習慣被人揭露心思，楊百罌的眼中頓時閃過一絲慌亂。只是未等到她開口否認，或是想詢問安萬里為何能篤定地保證，那名黑髮男子在抬手間，再度有了新動作。

橫隔在柯維安他們頭頂上的光壁頓時收攏，就像一塊柔軟的巨大布料，立即將半空中的青色絲線全部包覆在裡面。

「危險的東西，還是收在安全的地方比較好。」安萬里溫聲地說。

這乍來的舉動，當下引得情絲自驚愕中脫出，一雙異色眼眸瞬間冒湧殺氣。

「不論你是誰，都別想阻攔我！」情絲指尖飛舞，新一輪青色絲線突遍地面。

它們像是凶性大發的群蛇，不由分說地朝著獵物們昂首撲去，在猝不及防間先封鎖住柯維安他們的手腳。

灰幻臉上戾色一閃，比起先前的危機，僅僅是四肢被綑，在他眼中只不過是無聊的小手段。正當他的身軀部分要化為利石突破之際，卻聽聞安萬里慢悠悠地說：

「別太心急，灰幻，你總得讓小輩們多做點事。」

小輩？柯維安和楊百罌？

不對！灰幻即刻否定內心的猜測，而他的疑問馬上有了解答。

那是剎那間發生的事。

情絲正要冷酷地將絲線勒緊獵物，夜色一角猛然有兩束赤影撕裂黑暗，就像燃燒中的疾速箭矢掠出。不到眨眼間，赤影便大幅度縮短與柯維安他們之間的距離。

那原來不是箭矢，而是兩名手持長刀的人影！

「小白的……」柯維安大吃一驚，控制不住地失聲喊道。

大吃一驚的不單只有柯維安，就連情絲也面露驚異之色。

理當昏迷在別館裡的蘇染、蘇冉，居然清醒過來，還恢復了行動能力！

蘇染、蘇冉沒有開口浪費絲毫時間，他們眼神冰冷，臉上紅紋彷若赤焰，手上的長刀直接快如雷電般斬出。

被青絲縛住的幾人似乎只見到利光驟閃，就感到手腳重新獲得自由。

蘇染向楊百罌伸出手，後者直望了一、兩秒，便反握住對方的手指，借力站起。

「我沒有跟著他過去。」楊百罌的句子沒頭沒尾，可是蘇染顯然聽懂了。

「沒關係，換作是我，一刻他也不會讓我過去。」蘇染淡淡地說。

蘇冉沒有對任何一人伸出援手，一斬斷絲線，他就提刀往蘇染旁邊一站。

灰幻自是不須有人攙扶，要是誰敢伸出手，只怕會換來他森寒的瞪視。

可是柯維安就有些哀怨了，他眼巴巴地瞅著楊百罌和蘇染的方向。

雖然他家小白不在，但被美少女扶一把他也願意啊！怎麼就沒有人對他伸出關愛的援手呢？柯維安心裡的小人正奮力跳喊。

如同聽見柯維安的願望，真的有一隻手伸過來了。

下一秒，柯維安驚覺自己像拎小雞般被一把拎起。

「唔啊啊啊，安萬里你別……」柯維安反射性地掙扎起來。

他原以為是安萬里把自己拎起來的，正打算嚴正抗議自己拒絕男人的援手——只接受美少女、正太、蘿莉，還有他家甜心而已——沒想到眼角一瞄，剛好瞧見安萬里的身影在他們斜前方，像是在防止情絲忽然做出不利於人的動作。

柯維安嘴巴頓時閉上，既然大夥都在自己的視線範圍裡……那在他後面的，難道說!?

柯維安腦海馬上浮現出白髮男孩的身影，他心花怒放地往上一仰頭。

「甜……我靠！」

映入眼中的淺灰色眼珠，讓柯維安的臉孔當場無法控制地扭曲。

柯維安僵住了，他壓根沒想到不僅蘇染、蘇冉過來，就連黑令也到這裡來了。

高大的灰髮青年看起來比平時還要蒼白，兜帽的陰影蓋在臉上，似乎多添幾分虛弱。只不過他的眉眼還是一貫的平淡，缺乏起伏。

「我不甜。」黑令居高臨下地俯望著柯維安，像是覺得對方用那彆扭的姿勢看著自己，應該沒一會就會扭到脖子，他乾脆伸手把柯維安的頭壓回去，再把整個人扳過來，讓兩人能面對面。

「你……你……」柯維安神情複雜，先前發生的一切仍歷歷在目。他知道自己有做錯的地方，可是黑令的行爲依舊讓他耿耿於懷。

但緊接著，柯維安猛地想起黑令的傷勢。即使有楊百罌的幫助，那終究是在身體上捅出了一個大洞。

於是那張娃娃臉頓時白上了幾分，眼裡也冒出一抹氣急敗壞。

「黑令，你該死的跑出來做什麼？別告訴我你連腦子都傷到，忘記自己是傷患！」柯維安壓低聲音，咬牙切齒地說。

「腦子很好，沒有傷到。」也許是受傷的緣故，黑令的語氣格外無精打采，「現在，也沒有全力，不會再盡全力了。」

柯維安多少已經習慣黑令狀況外的認真態度，但黑令的後半句話，卻讓他不由自主地呆了呆，嘴巴大張。

對自身安危向來不放在心上的黑令，竟會主動示弱，表明自己不會再無節制地使用力量……？

這是天要下紅雨了嗎？還是眼前的人其實是披著黑令外皮的地球人，眞正的外星人已經回到母星去了？

柯維安目瞪口呆，慣有的能言善道像暫時受到剝奪。

「回神，維安。你的朋友沒被調包過，我可以擔保，畢竟是我帶他們過來的。」安萬里像是看穿柯維安內心的想法，微笑說道：「別忘了我們還有正事要解決。」

「你帶他們出來？這不可能……我那自作聰明的姊姊，明明給他們下藥了。」情絲發現自己一點都不喜歡這種事情逐步失控的感覺。她的雙眸染上晦暗，目光如刃地刺向安萬里。

假使不是這人突然出現，所有的發展都該如她預期。

「他們叫你安萬里……你到底是什麼人？」

「我以爲妳會知道我的，或者說，被『唯一』污染的妳，應該比誰都了解。」安萬里將手上的書塞進外套口袋內，還是一副彬彬有禮的態度。

「結界是我唯一擅長的把戲，它的作用實際上相當廣泛。例如將蘇染、蘇冉體內的迷藥成分封閉隔絕起來，再排除出去。又例如，把我鎖定的目標一舉帶走……妳也被分心了呢，情絲小姐。」

等情絲驟然領悟到安萬里的言下之意，已經慢了一拍。

傾絲的身形轉瞬間從她身側消失無蹤，再躍入視野時，赫然被淡色的四方光壁包圍住，穩穩地落在安萬里後方。

情勢，眞的是徹底被逆轉過來了。

情絲曾有的優勢，全然不復存在。

「你這礙眼又礙事的……」情絲如同怒極反笑，唇角溢出妖媚的笑意，眸底則是冰冷至極，「碧綠色的眼珠、身上的石片，還有結界的能力……我知道你是什麼了，你說得沒錯，我的確知道哪……」

「知道你會是我等計畫中的最大絆腳石。」

「你這礙眼又礙事的……守鑰一族！」

輕柔的嗓音驀地轉爲粗啞的咆吼，同時受到瘴異入侵的情絲殺氣大熾，手指握住青絲纏繞的長柄大刀，地面上那些被斬斷的絲線眨眼癒合，拔地成了一具具青色人偶。

「就算守鑰來了又如何？沒有鳴火，沒有傾絲姊姊，我看你們……如何打敗情絲一族！」

那疊合兩道嗓音的嘯聲如同一聲令下，青色的巨大人偶立即展開攻擊。

眼見敵方數量超過己方整整一倍，柯維安彈下舌，想也不想地打算衝去撿回自己的筆電，但有人抓住他的手。

「黑令，我現在沒時間跟你……！」柯維安突然硬生生吞下後面幾個字。他也看見了自己的手指，紅紋剝落得比方才嚴重，半個左掌不知不覺中已白骨化。

柯維安眼中閃過一瞬間的畏縮，他不想要自己再次變成可怖的模樣……

「使不出全力，但是，還能這樣做。」黑令冷不防咬破自己的食指尖，逼出鮮血。不等柯維安驚於自己的舉動，他滲血的指尖迅速往柯維安手臂上一路書寫，奇異的圖紋飛快勾勒成形。

柯維安瞪大眼，幾乎不敢相信所見到的。

黑令在他臂上的圖案，竟然與「符芍音」當時在別館寫下的一模一樣！

「不是符家人，不過有靈力的血，應該也可以發揮點作用，我猜。」黑令語氣不起波瀾地說。

柯維安張張嘴，震驚黑令只看過那麼一次，還是在那場合，就有辦法把暫時鞏固禁制的方式背下。

「你眞是天才……」

「我是。」

「……還是個討人厭的混帳天才。」

「我是。」

等等，這是變相的自我反省嗎？柯維安忍不住抬起頭，好似從這一刻起，重新認識了眼前這個人。

派出巨大的青色人偶，情絲卻沒有投入戰場。

眼見安萬里等人被阻絆住，情絲提著長柄大刀，反倒迅速朝著符家別館而去。

但是，她不是要進入別館──有守鑰的結界在，她也沒辦法輕易對被留在屋內的符芍音和符邵音出手。

情絲身形快如飛燕，不消片刻，那抹妖媚的青色人影就踩踏過別館的外牆，來到屋頂上。

「副會長，情絲到上面去了！」柯維安捕捉到情絲的蹤影，急急地大喊道。

「你得學著再多信任你的同伴，維安。」安萬里揚起被取出的書籍，順勢擋下青色人偶的攻擊。

假使換作有思考能力的敵人，或許會詫異看似脆弱的書本爲何能堅固異常。

但，安萬里面對的是只遵從情絲命令的人偶。

人偶不會吃驚、懷疑、退縮，也不會看出那本書上其實包裹著一層薄薄卻硬實的結界。

柯維安有時候覺得，副會長的能力實在太犯規。

青色人偶很快被擊退，再被其他人切斬成縷縷絲線——有時是灰幻，有時是蘇染、蘇冉或楊百罌。

然而就像情絲曾說過的，四散的絲線一會後就再度接連起來，任何攻擊方式都無法真正消滅情絲一族的青絲。

柯維安不明白安萬里是要自己再多信任誰，場上每個人看起來都像抽不開身。

如果不是場上的……

「師父？」柯維安不自覺喃喃出聲，想起安萬里確實在手機裡提過，張亞紫也在趕來符家途中。

柯維安相信張亞紫的強大實力，可是他不知道在這種分秒必爭的時刻，自己的師父究竟是否來得及趕到。

「答應我一個要求。」柯維安倏地反手抓住黑令，語速飛快地低聲說，「要是事情不對，就把我的心肝……靠靠靠，當然不是我身體裡的，你的眼睛在看哪裡啊！我是說我的筆電，事情一不對，你就想辦法把它砸上情絲。那好歹也是文昌帝君出品的，走過路過千萬別錯過。」

黑令望著那雙大眼睛，裡頭早沒了絕望扭曲，只有他初次見到時的強烈意志和凜然光輝。

黑令慎重地點了點頭。

落足高樓層的情絲自然不會知悉柯維安的計畫，在她看來，別館下方再也沒有人能夠妨礙自己。

沒了這裡的祭品沒關係，還有棲離山那裡的……那些神使、狩妖士和妖怪恐怕忘了，棲離山可是還有一群符家人。

「呵……」情絲溢出了愉悅的笑意，透著瘋狂光芒的雙眸，仰望著夜空中的巨大封印。

只要設法讓時針順勢轉到底，這百年來的封印就可破壞殆盡。

下一秒，情絲嘴裡發出了古怪的聲音。

聲音那麼的細、那麼的輕，可是又綿延不絕地直到棲離山裡，迴盪不散。

山裡頓時有了回應。

那是一幅驚人的景象。

泰半輪廓都被黑夜吞噬的山林中，霍然衝出數枚暗青色的螢亮火焰。它們接二連三地飛衝到高空，在廣袤的黑幕底下拖出細長尾巴，宛如流星劃過。

這突如其來的一幕，讓底下的人們大多愣住。那是什麼？爲什麼棲離山竟然會……

「我不是說過了嗎？誰都來不及阻止的，就算是文昌帝君趕到，亦無力可回天。」情絲的嗓音纏綿似地在眾人耳畔徘徊，「那些童靈們果眞很可愛，是不是？呵呵，不管廊香是否被我等寄附……」

那道粗嘎的聲音也出現，迫不及待地揭露出唯有自己和宿主知道的眞相。

「她都會依照我的指示，前往棲離山。那裡有著符家人，還有著……小紫藤曾經生長的土地呀！」

「水瀾的水池！」柯維安瞪大眼，倒吸一口氣。

在得知前日五名童靈爲何能擁有出人意表的力量後，他立刻猜出情絲那番舉動的目的，娃娃臉跟著刷上蒼白的色彩。

「就算被塡埋，那裡的土地終究殘留了些許力量……妳讓符廊香，妳讓符廊香和她身上的童靈去把那裡的力量全吸收了？也、也就是說，那些火焰……」柯維安的聲音像哽住，驚恐地望著筆直掠向「唯一」封印的暗青火焰。

一、二、三、四、五、六、七、八，不多不少，正好是符廊香加上原先被她吸收的童靈。

「怎麼會……」楊百罌攢捏得手指都要發白了。符廊香成功到達棲離山，那追著她過去的小白呢？小白到底發生了什麼事？

楊百罌只覺心口似火燒，難以冷靜下來。這反倒讓與她對戰的青色人偶鑽得空隙，塑形成刀狀的手臂不客氣地狠狠揮下。

另一把長刀及時從旁橫出，架擋住那記攻擊。

像是翻湧烈焰的赤色花紋，讓楊百罌瞬間尋回理智。

伸出援手的是蘇染。

戴著粗框眼鏡的細辮子女孩，以著與清麗外表不同的狠勁，俐落地一刀將人偶斬成兩半。

楊百罌不假思索地再補上符術，燃燒的火焰使得人偶無法快速重生。

緊接著，楊百罌留意到蘇染的藍眸平靜，不因得知符廊香前去棲離山、一刻境況不明，就流露動搖。

楊百罌知道對方和自己一樣，對那名白髮男孩都抱持著相同的心意，更何況蘇染還比自己多認識一刻十多年……

如果蘇染不感到一絲緊張，就只能表示一件事。

「他很安全，對嗎。」楊百罌的問句帶著肯定語氣。

「如果不是這樣，我和蘇冉也不會待在這裡。」蘇染說，她的回答無疑落實了楊百罌的猜想。

不管一刻現在人在哪裡，他都會是安全的。

楊百罌心中大石頓落，美眸冷厲地瞥向別館屋頂的情絲。把握住暫無人偶圍上的機會，她毫不猶豫地將手中符紙一把甩射出去。

「汝等是我兵武，汝等聽從我令，明火！」

密集的火球一口氣直逼情絲。

「這些火焰都太軟弱了哪，難以和鳴火相比……」情絲嗤笑，長柄大刀幾個起落就將飛來的火球斬得粉碎。

細碎的火星從高空落下，有如點點螢火。

「維安，你很聰明。等你回復為凶靈，我很期待你加入我們這一方……不，你一定會的，求生不得的欲望終會把你自己吞噬。」

「等到那時候……我寧願求死！」柯維安身體顫抖，但他還是放聲嘶吼。

情絲像被逗樂般大笑，旋即身影躍入夜空，急速地與上方的齒輪圖陣拉近距離。待她一和飽吸力量的暗青火焰會合，就能一舉破壞封印，推動荊棘時針到底。

地面的青色人偶已紛紛消逝，它們還原成妖力，回到情絲身上。

然而以此刻的高度和距離，就算再無青色人偶阻撓，柯維安等人也無力阻止情絲的動作。

「安萬里，你在玩什麼把戲？」灰幻不是傻子，他可不認爲身爲守鑰的安萬里會任情況往最壞的情況發展，那可是「唯一」的四分之一封印。

最明顯的證據就是，那名總是掛著刺眼笑容的男人，依然是不慌不忙的從容神態。

「我不是說了，要多信任同伴。這句話並不是只說給維安聽哪，灰幻。」安萬里拂了拂手上書本的外皮，鏡片後的碧綠眼珠閃動著高深莫測的光芒，「看，我們不就等到了嗎？」

所有人都聽見安萬里的話，他們下意識仰頭一望，隨後各種情緒在一雙雙大睜的眼眸裡乍現。

吃驚、詫異、錯愕，以及難以置信。

從那些暗青火焰的深處，冷不防閃爍出一點一點耀眼的緋紅。與此同時，暗青色火焰自身似乎正逐漸萎縮。

不對，不是似乎……是眞的在萎縮，眞的由大變小，宛如正被什麼看不見之物蠶食鯨吞。

異常的變化連地面上的柯維安等人都發現了，與火焰越靠越近的情絲更不可能毫無所覺。

只見那張蒼白妖媚的臉龐頓現驚疑，緊接著覆上駭然。

「不可能……不可能！」情絲尖厲地喊。她的聲音只有自己聽得見，同時也只有她感受到暗青火焰根本沒有飽含力量。

相反地，是越來越衰弱。

這到底是怎麼回事？別說是符家人了……它們就連水中藤之地的殘餘力量都沒有吸收到！

暗青火焰的勢力越來越小，取而代之的是底處湧現的緋紅迅速膨脹。

很快地，黑夜中的火焰從不祥的暗青轉爲璀璨的赤艷色澤。

八團緋紅火焰轉眼間合而爲一，拉長成筆直鋒利的形狀，像是一支巨大箭矢。

情絲瞳孔收縮，她看見狀如利箭的火焰脫離原本的軌道，呼嘯地朝她而來。

接著，她聽見某種柔軟的東西被貫穿的聲音。

那麼細微，又那麼清晰。

無月之夜，從高處墜落的青色人影就像一隻美麗的蝶，虛幻又脆弱，而且即將凋零。

情絲摔在地面，身體的防護本能讓大量青色絲線出現在她身下，減少了部分衝擊力道。

可即使如此，這份狼狽和痛苦也是她初次嘗到的。

情絲使勁地撐起身子，她的胸前留下了一個焦黑駭人的大洞，看起來怵目驚心。

而烈火焚燒的恐怖感覺彷彿還停留在裡頭。情絲艱困地吸著氣，從眼角餘光看見多道身影圍住自己。她的唇邊擠出扭曲的獰笑，像是蛛網四散的長長髮絲頓時隨著她的意志移動。

她的髮絲就像攻擊性十足的蛇，昂首對著敵人，嚇阻他們越雷池一步。

「只不過是火焰，就算威力再強大……也不過是普通火焰，以為這樣就能奈我何嗎？」

情絲譏諷地嘶氣笑著，蒼白的手指抓起身下的一把絲線，按上自己胸前。

絲線瞬間像是活物，蠕動地爬進那個猙獰大洞。

「是我失算，可是你們也別想……！」

情絲的話聲戛然而止，她的臉上、異色雙眸裡，猛然布滿了貨眞價實的恐懼。

那名身為四大妖之一的妖媚女子，竟是眞切地露出名為「恐懼」的情感。

「啊啊……」情絲的斷氣更接近呻吟，她低頭看著胸前的傷口，緋紅色的火舌依然在裡頭舔舐。

在高空中將她貫穿的火焰並未消失，而是一直留在傷口內，且在刹那間燃成凶猛火勢。

「啊啊啊啊啊！」情絲慘叫出聲，她的傷口被焚燒，就連髮絲末端也平空燃起一簇簇的緋紅火焰。

放眼望去，簡直像是一大片的青絲之海中綻放出朵朵紅蓮。

「不可能……這怎麼可能啊！」情絲的雙手覆上臉，像是要在上面刨抓出條條血痕，她淒厲地放聲嘶喊：「爲什麼會有鳴火……該死的鳴火——」

「我高興出現干妳屁事。」無預警響起的低沉男聲傲慢說道，從中還透出難以忽視的冷酷，「妳敢動我的神，就該有被燒成灰的心理準備，垃圾。」

所有目光有志一同地轉向。

一抹柯維安等人絕不會錯認的傲然身影納入眼中，他們初見火焰時忍不住心生出的一個人名，也在這瞬間坐實了猜測。

來者是名紅髮銀眸的修長青年，微鬈髮絲隨性綁成馬尾、垂在肩前。一隻手臂上攀繞著緋紅火焰，五指呈爪狀。他的五官極其俊美，眉宇間盤踞的高傲乍看下和楊百罌如出一轍。

紅髮青年就像自身發出的火焰，張狂又冷然。

柯維安忍不住張著嘴，好半晌才震驚不已地擠出聲音，「曲……不會吧？曲九江就是那個鳴火!?他的種族就是鳴火嗎？換句話說，我、我的天啊……」

柯維安轉頭看向楊百罌，結巴地嚷，「班代，你們的母親……原來就是四大妖之一……」

「我不知道……」楊百罌美麗的臉上露出一絲茫然與恍惚，似乎沒想到自己繼承了半妖血統的弟弟，就是情絲一族的天敵，鳴火。

「那小子是鳴火？」灰幻挑起眉端，一下子就抓住幾個重點，「帝君和開發部的研究全都結束了，所以才讓那小子出來？既然他是鳴火，爲何連他的妖怪母親都沒有察覺到自己的種族？楊百罌曾說過，他們的母親也不知道自己是怎樣的妖怪。」

「詳細情形，我覺得可以等帝君來時再談。」安萬里溫和地提出自己的意見。

恢復成妖化模樣的曲九江大步上前，隨著他的接近，緋紅火焰將那大片的青絲吞噬得更快。只要是被火焰焚燒之處，就連灰燼也沒有留下。

這無異驗證了傾絲的說法。

——唯有鳴火的火焰，方能將情絲一族的絲線徹底消滅。

曲九江的面前很快就被兩道相似的人影擋住。

他面無表情地迎視那擁有淺藍眼珠的細辮子女孩與寡言男孩，他知道他們是誰，就算雙方是初次見面。

蘇染與蘇冉。

與他的神相識超過十年以上的青梅竹馬，同時也是神使。

曲九江冷哼一聲，卻也沒有依照平時性子地出言不遜。他還記得當初和另一個叫蔚商白的神使打起來時，那名白髮男孩臉色鐵青，勃然大怒得像是想把他們兩人都宰了。

曲九江得承認，他可不太想見到自己的神再度抓狂。

「一刻在哪？」蘇染毫不拖泥帶水地問了，清冷的嗓音在火焰環繞下格外充滿穿透力，鏡片後的藍眼筆直地盯視著曲九江。

雖然身形在對比下顯得嬌小不少，可是蘇染一身凜冽的氣勢卻絲毫不遜色。

「在哪，一刻？」蘇冉也說。他的聲音寂然平淡，但誰都無法忽視他的存在，「學長說，一刻跟你在一塊。」

柯維安聞言，馬上詫異地看向安萬里。

「我在路上就遇上九江學弟。」安萬里顯然也沒有要隱瞞的意思，簡單地說明道：「他本來該跟我一起到這裡來，不過他說聞到小白的味道，於是先追過去了。」

「聞到……他是狗嗎？」柯維安張口結舌，但立刻接收到一記陰冷的視線。

柯維安趕忙閉上嘴，他可不希望火焰也燒到自己身上來。

「小白沒跟我在一起，張亞紫在山上拎走他了。」曲九江冷淡地回答，「總之他沒事。」

「等等。」柯維安頓時又管不住自己的嘴巴，憋不住的疑問衝出，「那我師父在哪啊？」

「當然是在那座山裡。」曲九江的下巴往棲離山的方向一抬，接著不客氣地給了柯維安一記「你是白痴嗎」的眼神，順道也瞥視過柯維安身旁的黑令。

打量那名甚至比自己高的灰髮青年一眼後，曲九江索然無味地收回視線，一點也不在意對方的衣上為何有大量血漬。

不僅如此，曲九江對柯維安身上的異變也視若無睹，彷彿對方身上的金字紅紋，以及變作白骨的手掌，都不值得大驚小怪。

曲九江在距離情絲數步的地方停下，居高臨下地俯視，銀星似的細長眼瞳滿是譏誚。

「這就是四大妖嗎？呵，眞沒用。」

森冷如刃的話語狠狠刺進情絲體內，那抹被烈焰焚身、痛苦得連慘號也發不出的青色人影一顫，緊接著霍地抬起臉。

那張蒼白的容顏這一刻，布滿駭人的瘋狂之色。

「呵呵……哈哈哈哈！」情絲在笑，被燒去半身的情絲驀地歇斯底里地大笑。她舉起有如同樣開綻紅蓮的手指，嘶啞地喊，「你只不過是憑靠種族的優勢，小半妖……假使不是鳴火與情絲天生相剋，否則憑你也做不到什麼……不，不只是你，還有你們……」

情絲的半邊臉頰也著上火，火焰中的她看起來竟淒艷得可怕。

「你們終究阻止不了『唯一』的復活。我等如今早已爲了『唯一』吸收不少力量，被污染、被入侵……你們最後誰都逃不了這命運……」

情絲宛如詛咒般的嗓音還在繼續，駭人的是她的唇中竟溢冒出黑霧。

隨著黑色氣體越冒越多，她右眼中的猩紅倒是淡得越快。

當桃紅色澤回歸至情絲的右眼，那抹黑霧驟然縮窄成一束，像是離弦之箭，猝不及防地直衝向柯維安。

粗嘎的聲音正高聲咆哮。

「渴望、希望、願望……那愚蠢的神、妖給你下的禁制，也掩飾不了你本能的求生欲望——」

柯維安聽見一個清脆的聲音，就像有什麼東西乍然斷裂。

隨後崩散。

如同支撐至極限，貼附在娃娃臉男孩皮膚上的金字、紅紋，霎時全破碎得四分五裂。

「把你的欲望給我，把你的身體給我……成爲我的新宿主！」

縮成細線的黑線銳不可擋地刺穿了接連生起的石牆、光壁，或者說那些東西對它而言如同不存在。

冰冷的恐懼如潮水襲來，柯維安只覺得自己就要滅頂。

就在黑線穿過黑令反射性伸出阻攔的手掌心，逼至柯維安眼前。

就在柯維安駭恐地尖喊出「阻止我」的刹那間。

說時遲、那時快，高聳的金色障壁拔地衝起，大放出耀眼的金燦光輝，將這方圓之地都籠罩其中。

第五章

熾烈的光芒好一會才消失。

就算緊閉著眼，柯維安還是能感覺到眼皮底下似乎還留有金光未散，眼珠甚至隱隱有種灼燙感。

發生了什麼事？柯維安不知道，可是他也不敢張開眼睛。

他不曉得被瘴異入侵會是什麼感覺，也許他現在已經被入侵了卻不自知？

無數負面想法在他的腦海中翻滾閃過，然後又因爲前額傳來的一記溫暖觸感，戛然而止。

柯維安的身體發顫，闔上的眼睫毛連帶地也在顫動。

即使那麼多年過去，他猶然記得最初的這股溫度。

有人像是以嘆笑的語氣說著，聲音比一般女性來得低啞，宛如金屬刮搔，卻自有獨樹一幟的魅力。

「生日快樂，維安。張開你的眼睛吧，呆子徒弟。」

這、這聲音！柯維安顫顫地張開雙眼，最先映入眼簾的是昂然矗立在他面前的身影。身形高挑、膚色淺褐，裸露在衣外的四肢有著肖似刺青的深青花紋，高高綁束成馬尾的髮絲末端，夾雜著一縷縷艷金色。

回復原身的文昌帝君、或是說張亞紫，似笑非笑地側過臉看著柯維安。她的鳳眼勾揚，一手正貼按在柯維安的額頭上，一手支撐著聳立的金色障壁。

源源不絕的金耀光芒正是從遍布壁上的篆體字散發出來，將化作黑線的瘴異輕易攔阻在外。

「師……」柯維安紅了眼眶，無法言喻的多種情感交雜，像是洪流般衝湧上來，讓他的喉頭忍不住跟著哽咽，「師父！」

「坐下，別亂動！」張亞紫氣勢威凜地喝道：「否則直接踩著那裡讓你坐！」

「那裡」是哪裡？柯維安不知道，但他也不敢多問，雙腿則在無意識中暗自夾緊。

接著，柯維安就發現到張亞紫要自己別亂動的原因。

成串的金黃小字不斷地自那隻按在他額上的手掌傳出，像是光帶般，一條條在自己身周交繞打轉，再像尋找到適當位置般貼附上皮膚，成了宛如刺青的存在。

伴隨著金字的注入，柯維安看見自己的左半邊身子迅速生冒出皮肉，把森白的骨頭包覆進去。

張亞紫不再多看徒弟一眼，白骨完全隱沒只是時間上的問題。她轉頭看向金壁外的瘴異，嘴角勾起凶猛的笑容。

「原則上我不插手妖怪間的事，但動到我徒弟頭上，那可就大大不行了。我相信另一個小子也跟我有著同樣的看法。」

另一個小子？誰！瘴異被恐慌完全籠罩，隨即它驚悟到，不管是指誰，馬上逃離此處才是上策。

那是神的氣味……突然殺出來的褐膚女子，是該死的、可恨的神！

沒有了情絲作爲宿主，自己不可能有任何抵抗之力……必須逃，現在、立刻，逃逃逃！

瘴異身形一拉，外表頓時回復成像是裹著黑斗篷的人影。

不敢有絲毫遲疑，瘴異像旋風掠轉，飛也似地想逃竄往夜空的方向。

可是，有什麼阻止了它。

瘴異甚至才剛離開地面一段距離，一束熾烈白光已風馳電掣地到來，快狠準地貫穿了它的身體中心。

瘴異臉部位置的兩簇紅光，刹那間像是因爲劇痛燃至最亮，下一秒又徹底暗下。

黑斗篷似的身影就這樣在空中化爲粉末，撲簌撲簌地灑落下來……

貫穿瘴異的白芒插至另一邊的地面上，原來是一根如劍長的白針。

「馬的，總算全部解決了……總不會再有漏網之魚了吧？」暗處中大罵著走出一抹人影，一頭張狂的白髮就是最顯眼的身分特徵。

「一刻！」

「小白！」

蘇染、蘇冉臉上的冷淡面具霎時剝落，簡直就像霜雪遇上了暖陽。兩人動作一致地奔向走過來的一刻，然而又在準備撲抱上去的前一秒，驀地收住身勢。

楊百罌也想像那對雙胞胎自然無比地迎上去，可是天生的矜持和高傲，像條繩子縛住她的手腳。她只能挺直身子，卻邁不出關鍵的一步。

「楊家的女人有這麼畏縮嗎？」曲九江站在自己姊姊身側，明明是好聽的低沉嗓子，吐出來的卻盡是冷嘲熱諷。

「閉上你的嘴，曲九江。」楊百罌冷冰冰地厲了自己弟弟一眼，態度沒有因得知對方就是「鳴火」而有所改變，「說得你站在這裡就是不畏縮的行爲。小白最好的朋友，想必不會是只敢站著不動，連上前關懷也吝給的人。」

這下換曲九江惱火地瞪了回去。看樣子，楊百罌的話的確不留情地戳中他。

「嘖嘖，傲嬌程度半斤八兩的姊弟呀。」張亞紫握起手指，撤除了那一大片金字屏障，擱在柯維安額上的另一隻手也收回。

「不對啦，師父。嚴格來說是弟弟高於姊姊，班代的進步可是有目共睹的。」柯維安認眞地替同學辯駁，當然是幫女孩子那一位。

見張亞紫的手挪開，柯維安馬上想站起來，好衝過去給一刻一個熱烈的擁抱。趁蘇染、蘇冉忽然不動，甜心的懷抱就會是只屬於他的了！

柯維安的算盤打得響亮，只不過張亞紫一句話就抹去了他的希望。

「我有說可以站起來了嗎？那邊的黑家小子，把我徒弟按住，待會還有事要繼續忙。」

柯維安大驚，連逃都來不及逃，就被他眼中的「巨人族」一舉鎮壓了。

「甜心！親愛的！嚶嚶嚶……救我啊……」柯維安伸手，含淚呼喚。

「甜你老木！」一刻板著臉，給柯維安一記中指。然而看見對方的外貌恢復往昔，他的心裡亦鬆了一口氣，積壓的大石終於可以放下。

這表示柯維安那小子沒事了，對吧？

一刻穿過了蘇染、蘇冉的中間，也沒問他們兩個怎麼忽然停住，他知道他們一定是發現到了。

果然，兩人馬上亦步亦趨地緊跟在一刻身後，兩雙眼睛眨也不眨地盯著不放，彷彿怕一不注意就會出事。

隨著一刻走近，幾個眼尖的人也看出端倪了。

「小白，你的腳……怎麼了？」楊百罌發現一刻的走路方式和平常有些微差異，看起來不是因爲受到什麼嚴重的傷，可是緊張感還是按捺不住地冒上。

「扭了。」一刻簡單地說。

感受到身後兩雙眼睛還是緊黏著自己，幾乎像要穿透後背，一刻吐出一口氣，放棄似地抹了一把臉，終於願意將事情交代得清楚一點。

「我追符廊香到本館，又追她從另一邊往棲離山。結果爲了閃躲攻擊，不小心扭傷了腳，然後碰上曲九江，再然後……」

「就是被我打包外帶到山裡面了。」張亞紫說。

「都是我的神了，還這麼沒用？」曲九江彈下舌。

「滾你的蛋。」一刻只送給自己的神使這四個字，便將他當作空氣般忽略，「帝君，幹嘛非得要我等妳的暗號才能動手？」

「要怪，就怪你那不爭氣的腳，當然得給你一個省我麻煩的方式。」張亞紫慢條斯理地說。

「靠杯啊，什麼省妳麻煩……出手的人不是我嗎？」一刻抱怨著。

「怎麼？你這小子還有意見？」說這話的人不是張亞紫，而是陰森森瞪著一刻的灰幻。

「帝君的計畫你是想質疑嗎？」灰髮少年雙手環胸，嚴峻的目光宛若在審視一個罪無可赦的犯人。

一刻簡直想翻白眼了，不過他明智地不做出任何反駁。跟開啓「張亞紫忠實粉絲模式」的灰幻爭這些？他又不是吃飽撐著沒事幹！

「算了，反正事情解決了就好。」一刻剛說完，就得到兩句否認。

「誰跟你說事情完了？」這是張亞紫。

「事情要有個收尾才算完呢，小白。」安萬里也走過來，他臉上石片隱沒，唯有眼珠還維持碧綠。他對張亞紫點點頭，「帝君，情絲的最後……就由我來處理吧！」

所有人目光下意識再轉向。

緋紅烈焰環繞中，裡頭的青色人影幾乎一大半都遭到吞噬，殘存的身子一動也不動，像尊安靜的雕像，唯有一隻幽藍色的眼睛遲遲沒有闔上。

「雖說沒有了瘴異，但畢竟已被污染……至於上邊的封印，尚不足以擔心。它雖然鬆動了，不過短期內也不會撐不住。晚點我會負責修補，只不過，可能就要再借助九江學弟和灰幻的力量，作爲我的輔助。」

安萬里的視線望著另一名的情絲一族，聲音放輕。

「封印會暫時回到傾絲小姐體內，但是過不久……相信就會自動移轉到下任族長身上。」

眾人聽出安萬里的言下之意。

族長之一的情絲瀕死，另一位族長的傾絲則是妖力衰弱，大不如前……封印，將會轉到下一任、力量最強的「情絲」身上。

「你去處理吧，其他必須說明的事讓我來。」張亞紫同意地一揮手。

「把你的火熄了，你想連學長也燒了嗎？」一刻壓低聲音，沒好氣地警告曲九江。

「哎？我覺得燒燒也……呃，我什麼也沒說。」對上安萬里笑意吟吟的眼，柯維安用最快速度做了個在嘴巴上拉拉鍊的手勢。

曲九江咂下舌，地面上肆虐的緋紅烈焰瞬間消失，彷彿不曾存在。

安萬里隻身走向情絲，月白色的長袍轉瞬間取代原本的衣著。當他走至情絲身前，淺白色的光壁從兩人身後左右升起，將他們的身影完全吞沒。

結界封閉了外界一切聲音和影像。

安萬里輕推鏡架，唇邊浮現溫文又隱含傷腦筋的微笑。他俯身湊近情絲的耳邊，溢出的語氣平和，但染著笑意的碧綠雙眸底處盡是一片寒冰。

「到此爲止，就請別再替我添亂了。否則我眞的……」

情絲眼睫顫動，以爲已經死寂的藍眸倏地瞠大。

安萬里看著僅剩不完整殘骸的女子，他微微一笑，手中出現一束細長半透明的利光，從右手揚起到揮下——

只是一個刹那的事。

指使著還能動的男性將失去意識的傾絲抱過來，放至離自己不遠的地面上，張亞紫回頭看了看不遠處的符家別館，瞇著眼像在估量什麼，不過很快又收回目光。

她衝著柯維安和一刻揚起眉，臉上威獰的笑容讓兩人一驚。

尤其身爲人家徒弟的柯維安，要不是礙於自己還被黑令壓制著，說不定早就心驚膽跳地蹦跳起來了。

「師、師父！妳光笑不說話，看起來很像大白鯊……不不不，我是說格外有魄力！」柯維安驚覺失言，忙不迭地補救。

「維安小子，是不想要你放在公會裡的那堆甜心了嗎？」張亞紫彎下身子，捏住了柯維安的下巴，一雙單丹鳳眼就像凶禽一樣，盯得他寒毛直豎，心裡甚至響起了大白鯊的專屬背景音樂。

不過，在柯維安煞白著臉、驚恐地大叫手下留情之前，張亞紫放開他的下巴，雙手扠腰地站立著，身上繁複的衣飾也變回普通人的休閒穿著。

「放心，騙你的，起碼今天不動。」

……所以之後還是要動的意思嗎？柯維安的臉仍是白了，心也快碎了。

「公會的……甜心？」楊百罌擰緊細眉，一時半刻間沒理解這意思。

「別問。」一刻斬釘截鐵地說，表示自己什麼都不想知道。反正按照慣例，估計都跟幼女周邊脫離不了關係。

「我要說的不是那種芝麻小事，維安小子、宮一刻。」張亞紫輕描淡寫地說，「你們得更努力替公會工作來賺錢了，符家別館的破壞可是真的存在，修繕費怎麼看都挺貴的，以人類角度來看的話。」

起初一刻和柯維安還沒意會過來，他們茫然地看看彼此，再有志一同地看向一樓損毀嚴重的符家別館。

下一剎那，一刻恍然大悟，臉色也跟著發青，「我操！柯維安，你沒架結界!?」

「咦？我以爲小白你……等等，小白你也忘了架嗎！」柯維安倒吸一口氣，比著別館的手指微微發抖，「總、總有其他的神使……啊靠。」

柯維安先閉嘴了。

除了他和一刻，現場的神使就只有蘇染、蘇冉，以及曲九江。

但問題是，那三人無法架設出神使專用的結界。前兩人是由於某個因素——蘇染、蘇冉沒有透露——後一人則似乎是因爲是半妖神使。

對於自己的一時大意，柯維安忍不住掩面呻吟。

怪不得師父會點名自己和小白，就只有他們能設結界……偏偏他們倆居然都忘了……這下可好了，一旦沒有神使結界的保護，戰鬥中造成的破壞通通都反映到現實裡……

柯維安光想到那筆巨大的修繕費，就覺得頭皮一陣發麻。

「不對……慢著！破壞最嚴重的應該是灰幻啊！」柯維安霍然大叫道。

「修就修，反正又不是沒錢。但我只會負責自己的，範圍外的關我屁事。」灰幻不當一回事地冷笑，「別想跟我借，柯維安，那是我之後準備娶范相思用的。」

「連人都還沒追到，還娶……」柯維安嘀嘀咕咕。

「別逗維安和小白了，帝君，他們會當眞的。」安萬里的聲音傳出不久，那道修長的溫雅身影也隨著結界的消失，進入眾人眼內。

唯有他一個人出現。

可是誰都沒開口問情絲的下落，那是不言而喻的結果。

「修繕費自然是由公會負責，我想十炎不會有意見的。」安萬里說，「也可以作爲維安的生日禮物……」

安萬里頓了頓，抬手看下腕錶的時間，「過十二點了……的確是生日了沒錯。」

「生日!?」一刻卻是大吃一驚，「柯維安，你今天生日？靠，你之前幹嘛都不說！」

「呃……」柯維安刮刮臉，露出不自在的苦笑，「其實那算是我……嗯，『活過來』的那一天，所以……抱歉哪，小白……」

柯維安說到最後，聲音漸漸小了下去，連視線都跟著垂下。

見狀，一刻頓時明白對方的意思。

柯維安之所以不肯透露生日，是因爲那正是他進入眞正的「維安」體內而活的日子，他依然在意著自己的身分。

一刻抿直了唇，隨後一個大步上前，舉起右手，落到柯維安頭上時卻是輕輕放下。

「我管你是什麼。」一刻冷不防粗魯地揉著柯維安的頭髮，「我認識的柯維安就是你，既然是個變態，就拿出變態的魄力來。」

「小白……後面那一句眞多餘……」柯維安哀怨地吸吸鼻子，但眼眶已控制不住地泛紅一圈。

感覺到濕意湧上，柯維安連忙用力地眨幾下眼，就怕眼淚眞的掉下來。

這時，從柯維安身後忽然遞出一塊巧克力。

「禮物，生日快樂。」黑令慢吞吞地說。

「謝了……不對吧，這分明是我給你的好嗎！」柯維安內心的感動瞬間破壞得一乾二淨。

「繼續壓好他，黑家小子，我下的禁制還沒跑完。」張亞紫將發言權掌握回自己手上，「其他小鬼們安靜聽我說。當年，的確是我和胡十炎還有符邵音，一起阻止了符登陽。符登陽的靈力不高，但他眞的是一名天才。」

「只可惜，他的作爲偏離人道。我們發現他的陣法時，十三名孩童皆已不幸喪命；而被符登陽召來的亡靈中，就只有維安……成功進入人身裡。」

接下來發生的事，就和情絲、傾絲先前說的差不多。

「維安」原來的靈魂，在遭到爲了破解符登陽陣法的多方力量衝擊下，徹底不復存在，連輪迴的機會也消失；而進入維安體內那縷外來靈魂，則已經和肉身半融合，不論是強制拔離或是放置不管，都會落得兩者俱毀的下場。

於是，符邵音最終央請張亞紫和胡十炎幫忙，讓進入的那縷靈魂留下，成了現在的柯維安。

原本張亞紫是不可能答應這種事的，即便那抹靈魂是因保護弟妹殺了人，而成爲世人定義的凶靈，並非眞的天性凶殘——如果不是她發現，對方和自己有著一絲因緣之線。

「所謂因緣，是由天道註定。簡單來說，我和維安小子確實有著緣分，我會插手這事，也就不算偶然了。」張亞紫的語調低啞又充滿力量，一字字敲入在場眾人心中。

在張亞紫的神力，和符邵音蘊含著強大靈力的血液合力下，一個能讓柯維安身體不會崩潰的禁制完成，但要完美融合還需要一段時間。

因此，胡十炎將柯維安帶回公會，張亞紫接攬下照顧的責任。關於事發時的一切記憶，則是由符邵音以術法將之抹消。

犯下大錯的符登陽同樣遭到抹消記憶，逐出符家。

隨著柯維安的靈魂和軀體融合完畢，時間也開始正式在他身上運轉，他眞正成爲了「人」。

之後張亞紫又帶他回到符家小住一段時日，確定他對「符」再無印象，就知道他的確不記得當時的眞實情況。

他不記得符登陽，不記得十三名被殘忍殺害的孩童；也不記得自己是被強制召入陣法裡，才會進入「維安」的身體當中。

再然後，柯維安成了神使，成了神使公會正式的一員。也因爲他的體質特殊，爲免過多的神力破壞禁制的平衡，他的武器並不是存於身體裡，而是張亞紫另外贈送的筆電內。

「符邵音當初之所以沒有抹去維安對自己身分的記憶，在於……每逢鬼月，他總會發現自己的異常之處，所以乾脆編織了一個虛假的眞相……現在，該稱呼她傾絲才對了。」張亞紫低頭凝望地面上的傾絲，那雙鳳眼浮現一瞬複雜。

就連她也沒預料到，眞正身分是妖怪的這名女子，居然願意做到這種地步。

「也就是這樣……我才會一直以爲自己是因爲符邵音……傾絲的法術施展失誤，而進入這具身體……」柯維安苦笑的眸裡光華黯淡幾分，但最深處的堅強並沒有因此消散，「我眞的……非常感謝傾絲。」

「我也很感謝她，否則我就沒有徒弟了。」張亞紫難得流露一絲感慨。

柯維安的眼中頓生霧氣，可是接下來，他就聽見自己的師父豪爽地說：

「要找到一個好欺壓、會做事的徒弟，畢竟也不是簡單的事，更何況還要合我的胃口，入得了我的眼。綜合以上，維安小子，爲師眞的很高興有收到你當徒弟。」

……不，那個，帝君，妳確定妳說的不是收小弟嗎？一刻不禁沉默，腦海跑過諸如此類的吐槽，但終究沒眞的說出口，以免在柯維安的心上又插一刀。

柯維安的淚霧迅速收回，娃娃臉浮上了氣急敗壞：「太過分了，師父！好歹別把『欺壓』兩字說出來啊，好好的感人氣氛都……」

「說幾次了，坐好。」張亞紫威嚴的命令壓下，馬上使柯維安昂起的腦袋乖乖縮回去，身子也不敢再扭動。

「少不知滿足了，柯維安。」灰幻銳利地瞪過去。

「什麼不知滿足？明明就是師父……」

「就算你是當帝君的小弟，都是你的榮幸！」

「……可惡的腦殘粉。」自知實力輸人，柯維安只能恨恨地咕噥。

「至於鳴火。」張亞紫話鋒倏地一轉，當下讓一刻和楊百罌一凜。事關自己的神使／弟弟，他們比誰都更想弄個明白。

「鮮少有人知道鳴火一族有個有趣的特點。在他們經歷『覺醒』之前，他們不會知道自己擁有的眞正力量，也不算眞正的鳴火。加上這族的習性不是群居，而是四散各處，所以時間久了，如果又沒族人告知，不少鳴火一族的人，這輩子都不知道自己是哪一族的妖怪。」

張亞紫手指攤展開來，細小的金字堆砌出肖似火焰的形狀，色澤一轉，覆爲緋紅色火焰。

「這也就是鳴火極爲稀少的原因，眞正『覺醒』的鳴火只佔少數。而『覺醒』的主要特徵，就是能夠化爲獸形的火焰，以及會燃燒的血液。如果不是在研究中發現，估計還要花更久時間才能查明。只是所謂『覺醒』，究竟會在什麼時候發生、需要怎樣的觸動條件，就連鳴火也不自知，我問過曲九江了。」

「同樣的事，我拒絕重複。」曲九江抱著雙臂，唇角拉出嘲諷的弧度。他的髮絲和眼珠又回復尋常的顏色，不再是紅髮銀瞳。

「沒關係，我本來就不打算讓連話都不會好好說的人負責解釋，這太爲難聽者了。」張亞紫微聳肩膀，輕描淡寫地說道。

「曲九江，給我禮貌點！」乍見曲九江臉色陰冷，一刻立即嚴厲警告，換來後者的咂舌聲。

不過曲九江的確安安分分的，什麼也沒做。

「楊百罌。」張亞紫的目光改落至年輕的楊家家主身上，「你們母親未曾說出自己的種族……我想，說不定也是她自己不清楚的關係吧。」

楊百罌輕輕頷首，在聽見張亞紫說起鳴火的特點時，心裡大致也有了猜測。她瞥了一眼曲九江，心境上相當平靜，對於自己完全沒繼承到鳴火的血統，她不覺得有哪裡不好。

曲九江還是曲九江，一樣討人厭，一樣……是她的弟弟。

「附帶一提。」張亞紫又說道，「研究過程中，順便也發現了曲九江能成爲神使的原因，其實有相當高的機率是因爲他是半妖，而宮一刻是半神。半對半，妖與神的相剋也減去大半了。」

「靠杯啊！這種事是附帶一提的嗎？」一刻壓根沒想到張亞紫會無預警地扔下這個驚人消息，「又不是買菜附把蔥！」

「現在蔥好像比菜貴……不對，師父妳確定是這原因嗎？不能用更肯定的語氣嗎？」柯維安連忙追問道，他至今還是對當初一刻將曲九江收爲神使的那一幕記憶猶新。

「能。」張亞紫回答得也很爽快，「再去弄個半神和半妖過來讓我做研究，就能。」

柯維安露出了一個活像是被噎住的表情。

第六章

「好了，你們想知道的就是這些吧？」張亞紫作結似地拍拍手，「看在這次場合特殊，允許小朋友們有提問時間。」

「我有問題。」

「我有問題！」

幾乎下一秒，就有兩人異口同聲說道，只不過一人沉穩，一人心急。

柯維安望向和自己一同出聲的安萬里，娃娃臉染上了震驚之色，「真的假的？七百歲也可以算是小朋友嗎？」

「我的心智很年輕。」安萬里不快不慢地說，「維安，你有哪裡不滿嗎？」

柯維安絕對不敢對看起來像是黑氣纏身的副會長說有。

「帝君，有件事我很好奇。」佔得率先發問權的安萬里推推鏡架，真誠地開口，「我相信這或許也是公會裡很多人想知道的。維安是由妳一手照顧大的，在這過程中，是不是發生什麼事，才會培養出他那種……有時連我也不忍說的愛好？」

「等一下！喜歡A片女星還狂熱追星的人才更糟糕，好嗎？」柯維安嚴正抗議道：「而且我的喜好明明超正常的有沒有？不信你問我家甜心！」

一刻拒絕回答，誰會承認是他甜心啊！狗屁咧！

「小白啊啊啊啊！為什麼你要沉默？」

「……我不沉默，你是要聽我說變態嗎？」

「嗚呃……你已經說了……」

無視自己徒弟摀著胸、淚眼汪汪地瞅著一刻，張亞紫以手指抵著下巴，宛如陷入沉思，看起來相當認真地思索著安萬里提出的問題。

半晌過去，張亞紫驀地嘆了口氣，神情是從未出現過的複雜，「嚴格說起來……這事，或許得怪我。」

「咦？」

「什麼!?」

「帝君！」

無數震驚的疑問登時此起彼落地爆發，就連黑令和曲九江也不約而同地投來本來無精打采或是漠不關心的視線。

而提問的安萬里也難掩訝色，顯然沒料到貴為文昌帝君的張亞紫會吐出驚人之語。

「嗯……」張亞紫沉吟一會，指尖無意識地撫過唇瓣。

「維安的前世……姑且就用『前世』來稱呼好了。他那時有對年幼的弟妹，當然他們現在早已再轉世為人。在維安被我施下禁制不久，他的靈魂還不穩定，心智也大受影響，這樣下去會對融合產生阻礙，所以我讓他看了他們轉世後的影像……看了好幾年。」

「……我打岔一下，帝君。」安萬里禮貌地舉起手，「那時候的他們年紀是……？」

「才幾個月呢，跟個白糰子差不多。」張亞紫直爽地說。

「也就是說，維安，你是把自己弟弟妹妹的身影，投射到那些……嗯，小孩子身上嗎？」安萬里斟酌地選著字眼。

「當然不是！狐狸眼的你在開什麼玩笑？」柯維安大感震驚地望向安萬里，眼睛瞪得大大的，就像是難以相信對方居然會問出這麼沒智商的問題，甚至一時都忘記以副會長代稱，「我才沒將哪個小天使視作替身呢！」

「不能否認，我的確多少會掛念著他們，但是師父讓我知道他們生活在幸福的家庭就很足夠了。而且他們已經轉世，這是他們新的人生，也不需要我打擾。更何況他們現在差不多要過保鮮期……咳，不是，他們都成年了，我更不會多擔心什麼。」

柯維安挺直背脊，神情無比嚴肅、嚴謹、正經八百。

「聽好了，我才不是因爲曾有過弟弟妹妹才喜歡小孩子，雖然看了四、五年的影像，多少還是有點影響啦……但最主要的是，我喜歡小孩子，因爲他們可愛！可愛就是正義！」

「正你媽的頭啦！」一刻覺得專心聆聽的自己簡直就是白痴，「我操，結果追根究柢還是因爲你這傢伙就是個變態！」

「沒救了。」灰幻不屑地丟下這三個字。

「嗯，火化吧。」安萬里點點頭。

連中三刀的柯維安大受打擊。

似乎不想將時間浪費在柯維安身上，灰幻向張亞紫和安萬里表示自己要到本館善後，順道強迫帶走蘇冉和曲九江作爲苦力。

「棲離山的人也要麻煩你處理一下了，灰幻。」張亞紫說，「將他們一併送回來。如果本館弄完，別館的外牆也稍微修補一下，好歹讓那屋子別像棟危險建築。」

「謹遵命令，帝君。」灰髮的特援部部長恭敬地低下頭。

「我也去把符邵音帶過來吧，我設的結界，其他人應該不好打開。況且，我相信傾絲會想要看見符邵音的。」語畢，安萬里的身影隨後也淡出一刻等人的視線之外。

待數人離去，張亞紫的視線轉向柯維安。

「維安小子，你的問題是什麼？」張亞紫沒忘記自己徒弟也提問了。

「師父，我的問題就是……我什麼時候可以站起來？我腿真的都要麻了！」柯維安可憐兮兮地拖長尾音，金文在他皮膚上已轉成極淡顏色，似乎只消一會，就會隱沒得無影無蹤。

「還不是時候，不過黑家小子，你可以鬆手了。」

過程中一直充當鎮壓物的黑令放開雙手。

壓制解除的柯維安，馬上一臉嫌棄地揮手驅趕黑令。那麼大一尊人在他身後，未免太有壓迫感了，讓他怎麼坐都覺得像是芒刺在背。

沒有理會柯維安像猴子似地不停扭動身子，又不敢貿然站起，張亞紫示意楊百罌和蘇染幫忙小心扶起傾絲。

青髮女子的雙眸緊閉，蒼白的容顏襯得人格外虛弱，不過呼吸雖細，仍稱得上平緩勻稱。

張亞紫蹲下身子，伸手撫過傾絲的眼，掌心下金耀光點流動。

當那隻手移開，本該閉闔的眸子霍然張啓，流洩出桃紅色澤。

張亞紫威風凜凜的鳳眼內滑過一絲懷念，她勾起溫和的笑，臉部稜角放緩。

「好久不見了，符邵音……不，現在該稱妳傾絲了，對吧？」

傾絲第一眼看見的是張亞紫，接著注意到自己被人撐扶著。

她微蹙下眉，直挺起後背，拒絕依靠自身以外的力量。

傾絲看見張亞紫的出現是錯愕的，但她沒有馬上回應。她環視四周，注意到孿生妹妹的氣息不再存在此處，頓時內心有數。

緊接著，她望見夜幕上的巨大圖陣，如鐘與荊棘交錯的詭譎花紋令她一震，她漠然的表情驟變，眸底甚至閃過驚駭。

即使初次見到，但她絕對不會錯認那份存在，從她有意識以來，就一直附於她體內的……

「『唯一』……蒼淚的……」傾絲的嗓子發乾。

「啊，那是『唯一』的四分之一封印，妳和情絲的合在一起了。不過不須擔心，我可以保證。」

溫文的聲音冷不防自後方傳出，引得情絲回頭。她雙眸大睜，手指不自覺地想伸出，又硬生生收住，指尖不明顯地發顫著。

「情絲從妳體內抽出半邊封印，她原本打算讓符廊香和其餘童靈吸收棲離山上的符家人力量，好衝擊封印。只是帝君比她早到達棲離山，有她的保護，符家人安然無恙。而符廊香他們，也被鳴火的火焰阻止了。」

安萬里抱著符邵音的身體緩緩走來，他慎重地將她放下，讓傾絲不用伸出手，也能觸及符家家主。

乍聞「鳴火」兩字，傾絲眼中掠過剎那愕色。她沒想到情絲一族的天敵，竟然眞的會在此地出現。看樣子，情絲的消失恐怕就是……

傾絲面容上沒有顯現情感波動，她和情絲都有各自目的。倘若為此消亡，那也不過是註定如此。

傾絲不言不語地注視地面上的符邵音，那具她佔據了二十年的身體。她的表情還是冷淡的，可是一雙眼凝聚著難以描述的情感，彷彿下一秒就會承載不住，具體地化爲水珠溢落。

傾絲終究沒有落淚，她伸手握住那隻冰涼發皺的手，神情瞬間像如釋重負，似乎長久積壓的東西終於卸下。

將那被歲月留下太多痕跡的手指緊緊握住，傾絲總算回頭看向張亞紫。

「的確好一陣子不見了……帝君。」傾絲的嗓音聽起來帶著一絲飄渺，像是隨時會消散，「胡十炎沒跟著一起過來？」

「他在公會，沒法過來。但他要我告訴妳，水瀾在繁星市很好，等著妳過去看看她。」張亞紫說，「妳會過去看那孩子的，是嗎？」

「我會……我還沒向那孩子道歉。符登陽的事我自會處理，讓人以爲他離開了就好……還有芍音，別告訴她……『我』的事。」傾絲垂下眼，她的身形正逐漸化爲青色煙氣，一縷一縷地沒入至符邵音的身體底下。

就在屬於傾絲的身影消逝，地面上的符邵音也微微眨動眼睫，像是要從昏迷中清醒過來。

所有人都明白傾絲指的是什麼意思。

別讓符芍音知道「符邵音」早在二十年前便已過世，取而代之活下來的，其實是身爲妖怪的傾絲。

很快地，符邵音、或者說傾絲的雙眸緩緩打開，裡頭是剛硬銳利的光。她的身形看起來如此瘦小，卻不會令人聯想到虛弱。

符邵音張握了幾下自己的手指，緊接著眸光掃向柯維安。

娃娃臉男孩顯得有些怔然地回望，表情看起來呆呆的，直到被張亞紫拍下後腦才驚回神智。

「師、師父？」

「你可以起來了，維安小子，過去那。」

「咦？」

「還是我送你過去？」

「不不不，這就不用了，百分之百不用！」

太了解自己師父的送法，等同於一腳把人踹出，柯維安顧不得坐到腿發麻，急急忙忙地往符邵音的方向靠過去。

「是要完成禁制。」蘇染突然開口。

「蘇染？」一刻起先還沒反應過來，反倒是楊百罌隨即理解了。

「原來如此……帝君的神力，再加上……」

「……符邵音含著強大靈力的血。」一刻也想起張亞紫曾提過的，聲音不自覺放低。

柯維安似乎也察覺到接下來會發生的事，他安安靜靜地在符邵音面前蹲坐下去，眉眼溫馴，看起來頓時比實際年齡又小了數歲。

恍惚間，符邵音想起那麼多的事。

二十年前和二十年後，無數畫面清晰又快速閃過。她想起自己瘋狂的妹妹，想起偏離人道的符登陽，想起那些無辜喪命、被怨恨扭曲的十二名孩子。

最後凝止在畫面盡頭的，是一抹永遠也忘懷不了的身影。

那人會瞇起流轉著少女般光采的眼，慢條斯理地對自己笑著說……

「會有辦法的，別擔心……」符邵音喃喃說著，發現柯維安好奇的視線，她驀地笑了，如覆著霜雪面具的蒼老容顏上頓生罕見的溫度。

「別擔心，你會好好的。你的身上也算有『符』的血，按輩分可以是芍音的哥哥……不過要是對芍音動手動腳，我可是會打斷你的腿，小兔崽子。」

符邵音忽然將自己的手指咬破，鮮紅液體從那道創口中溢出，接著被力道逼出更多。

「明年再回符家一趟吧，我和芍音會好好地幫你慶生……這次就沒辦法了，有一堆事等著我收拾處理……記得別再把自己搞成那德性，你會平安，你會健康，你要相信自己沒問題的，維安。」

符邵音的聲音又低又啞，像是在訴說一個堅定的未來。

抓住柯維安的左手，從中指指尖開始，符邵音如同傾注全副靈力，將鮮血化爲錯綜的紅紋，專心致志地一路向上劃過——

□

至今爲止，柯維安覺得自己仍記得當日熨燙在皮膚上的鮮血溫度，以及夜空裡的荊棘鐘圖陣化爲滿天光屑的壯麗景象。

當灰幻帶著曲九江他們再度歸來，安萬里借助緋紅火焰和灰色結晶的力量，將肖似時針的荊棘花紋一格格推轉回去。隨著時針逆轉回原點，屬於守鑰的結界之力一口氣釋放出來。

銀藍色的炫爛光紋攀附上整個圖陣，緊接著是從時針開始，崩散成片片光屑往下飄降，頓時就像一場盛大的光之飛雪，尚未觸及地面，隨即消隱無蹤……

安萬里如他所言，修補了「唯一」的封印，並且讓它回歸至該回歸的地方。

像是星子傾灑的光景彷彿要灼傷人的眼，同時柯維安也感受到傾絲鮮血所帶來的那份灼燙沁進了體內，撫過五臟六腑，融爲他的一部分。

重新下的禁制非常成功，甚至比舊有的還要來得穩固。就算是再重經乏月祭那夜發生的事，也不會破裂得如此快速。

可是，柯維安想，那樣的事不會再發生了。

他不會讓它發生，他會遵守和符邵音，或是說傾絲之間的約定。會平安，會健康，會好好地相信自己沒有問題。

然而，符邵音卻失約了。

乏月祭過後不久，特地前往繁星大學看過水灁後，符邵音過世了。

原本為了符家，她就已經耗損過多力量，轉換成靈力的妖力再也回復不了。無止盡的掏竭，再加上與情絲的對戰，那僅餘不多的力量眞的是徹徹底底地……空了。

聽說符邵音過世時相當平靜，看起來沒有受到太多苦痛。

葬禮辦得低調簡單，符家並沒有將消息公諸於外，只是通知了少部分人。

黑家和楊家的家主、前家主皆出席了，還有神使公會。

在大多數狩妖士不知其身分的情況下，公會的三巨頭安靜地捻香祭拜。

柯維安也跟著他們一塊前來。

線香味讓他恍惚，他覺得自己從聽見那消息以來，就像處在一個被氣泡包圍住的空間，不管聽什麼或看什麼，都朦朦朧朧的，有種不眞實感。

這種感覺，一直到他隨著張亞紫離開靈堂，都未曾退去。

就在柯維安準備上車時，靈堂內突地有抹嬌小白影穿過人群，奔跑至他的身前。

白髮紅眼的白子小女孩平靜地望著柯維安，那張精緻又微帶一絲圓潤的小臉，就和以往一樣，看不出特別情緒起伏。

可是，柯維安一眼就看出那雙大眼睛，明顯是哭過後的紅腫。

就算不知道傾絲的存在，「符邵音」對符芍音而言，都是最重要的親人。

「小芍音……」柯維安不曉得自己能說什麼，以往的能言善道在這瞬間都消失了。

反而是符芍音冷不防地上前抱住他，雙手環著他的腰，臉蛋埋進他的懷裡。

符芍音很快就放開手，她拉起柯維安的手指，稚氣的嗓音說：「閉上眼睛，一分鐘。」

柯維安搞不清楚符芍音的意圖，但他從沒想過要拒絕她，便二話不說地閉起了雙眼。

沒了視覺，聽覺和觸覺頓時變得格外靈敏。柯維安感覺到自己的掌心像是被人一筆一劃地寫下字，他判斷不出是什麼，在心裡默數著秒數，但還不到一分鐘，他就聽見符芍音再度開口。

「好了。」

他的手指也被往內彎起，握成拳狀。

「到家，再看。」符芍音的眼睛很亮，瞬也不瞬地仰望著柯維安。

柯維安沒有問掌心裡被寫了什麼，只是將手指收攏著，維持一個不會緊到握糊字的狀態，說了一聲：「好。」

就在這時，偏灰濛的天空倏地飄下細如牛毛的雨絲。

「小小姐！」有人急促地往這跑過來。

發現符芍音不見，跑出來外邊找人的伍書響、陸梧桐各舉著一柄黑傘，匆匆跑到符芍音身旁，其中一把傘立刻替她遮擋細雨。

伍書響、陸梧桐不曉得發生什麼事，他們看看柯維安，還有車內的公會三人，然後沉默地低下頭，彎下腰。

回到銀光大樓，也就是神使公會後，柯維安吃驚地發現，大門外竟站著他沒想到會出現的人。

白髮男孩的姿態明顯就是在等人。

由於今日天氣陰冷，一刻披了件薄外套，平光眼鏡將他平日的凶氣銳利修飾掉幾分。

「小白？」

「柯維安。」

一發覺柯維安，一刻立即走上前，顯然他等的人就是柯維安。

「小白，你怎麼來了？既然來了，就進去公會……」

「我沒要進去，我只是來找你而已。」截斷柯維安的話，一刻將一個東西遞給對方。

那是個樣式簡單的米白色信封。

「東西送到了，我先回去了。」

「咦？等等，小白……小白？」

柯維安被這發展弄得茫茫然，完全不明白一刻突然從潭雅市跑到這裡究竟是爲了什麼。送信嗎？這看起來就像是一封信。

將一頭霧水的柯維安留在後方，一刻眞的說走就走，彷彿他特地來神使公會一趟，爲的就是這目的。

向走上階梯的張亞紫等人點點頭當作招呼，一刻頭也不回地離開。

「宮一刻送東西給你？」張亞紫看見柯維安手上拿著的信封。

「既然人家都給你了，就趕緊打開吧。」胡十炎偕同安萬里從旁擦身而過的時候，不快不慢地拋下這句話。

他們倆似乎對信封裡是什麼不感興趣，又或者是說想留下空間給柯維安自己。

柯維安最後決定回公會裡再看，剛好也可以打開被他握了一路的手，看看掌心裡到底寫了什麼。

一踏進屬於自己的房間，不算大的關門聲在耳內響起，柯維安像是被這聲音震得一顫，那層包覆他至今的氣泡，好似也跟著迸裂出縫隙。

柯維安眨眨乾澀的眼睛，先將信封裡的東西抽出。

原來不是信，而是一張照片。

從照片的背景來看，柯維安想起這應該是暑假前，一夥人在不可思議社的社辦內照的，人物齊全得可以說是社員大集合。

「小白把這張洗出來了嗎？不過我記得手機裡也有……」柯維安的自言自語在發現照片後面寫著字時，戛然而止。

照片背後只有一句話。

——笨蛋，你還有我們。

有些潦草的字跡旁分散著幾個簽名，分別屬於照片裡那些人所有，甚至也有個凌亂的「曲」字。

柯維安幾乎想像得出來，那名半妖青年在一刻的逼迫下，會是多麼心不甘、情不願地寫上自己的姓氏。

可是，他還是寫了。

大家都寫了。

眼淚驟然滴墜在照片背面，散濺成更多水珠。柯維安喉嚨發堵，像哽著灼熱的硬塊，他急忙想擦去臉上不停滑下的淚水。

然後他看清了自己掌心裡的字。

小女孩的筆跡樸拙中帶著稚氣，歪歪斜斜地擠在一塊。

符芍音寫的是：哥哥，要回來。

氣泡瞬間完全破裂，被隔絕在外的巨大悲傷如同潮水般一口氣湧進，漫淹過柯維安的口鼻。

娃娃臉男孩像是再也承受不住，他跌坐在地，將額頭抵在立起的膝蓋上，像個孩子一樣放聲痛哭。

房門外，張亞紫倚著門板，不言不語地閉上了眼睛。

第七章

八月結束了，但大學生的暑假還沒有宣告結束。

樹間傳出的高亢蟬鳴，宛如要盡全力留住夏天的尾巴，一聲連著一聲，一聲高過一聲，絲毫不覺疲累。

但聽在屋內人耳中，則像是一場惱人的大合唱。

一將窗戶關上，被九月高溫惱得有些心浮氣躁的一刻耙耙頭髮，決定還是先暫時打開空調，免得客廳過不久後眞的要變成一個大烤箱，自己則是裡面可憐的肉，到時抹上把鹽，他就可以吃自己了。

一屁股跌坐進沙發裡，一刻仰頭看著天花板發呆。

沒有了習慣的熱鬧人聲，這個家反而安靜到讓人有些無所適從。

一刻絕對不會承認，自己只是因爲家人都不在，而感到寂寞。

還是暑假期間，一刻自然是住在潭雅市的家中。

織女之前就和牛郎跑去N度蜜月了，就連喜鵲也跟著過去。

雖說是打著「我當然要陪伴織女大人，保護織女大人」的旗幟，不過一刻可以用自己的腳趾頭發誓，那名在「牛郎織女」神話中佔有重要一席的迷你少女，更想做的一定是破壞牛郎的蜜月生活。

而這個家的女主人和未來男主人，則是昨天一起打包出門玩了。

宮莉奈原本也想帶一刻出門，但即使被自家堂姊眼巴巴地瞅著，一刻還是很堅定地說了：

不去，打死都不去。

別開玩笑了，他一點都不想擠進一對未婚夫妻間當電燈泡，還有被閃瞎的高風險！況且，就算他和江言一仍舊不對盤，也不代表他打算妨礙那位未來姊夫好好談情說愛。

更不用說江言一暗中射來的眼刀戳得人發疼——這筆帳，一刻倒是好好記住了。

最後，也是最重要的原因——一刻邀了人到潭雅市玩，他身負著必須好好招待對方的重責大任。

知道朋友不多的堂弟居然主動邀人，邀的還是上大學後結交的朋友，宮莉奈頓時感到激動和欣慰。

「小一刻，你千萬要好好招待人啊。我和小江都不在家，你們儘管放鬆玩，家裡的東西儘管吃也沒關係。雖然不知道之前發生什麼事，讓你看起來有點沒精神，不過大學生還是要好好享受青春才對！對方是女孩子嗎？小染、可可、左柚、墨河也會過來嗎？」

……莉奈姊，妳那串人名裡爲什麼會混有一個僞娘啊！

「我沒什麼話要說，嚴禁婚前性行爲就是。」這是江言一。

一刻沒有回敬任何髒話，他只是趁宮莉奈沒看見時，拇指衝著江言一往脖子一劃，再險惡地往下一比。

雖然一刻沒有要妨礙他人談戀愛，但不代表之後婚禮上會讓新郎好過，鐵定整死他！

事實上，一刻邀請來做客的也不是女孩子，是柯維安。

自從符邵音過世後，從SKYPE上，一刻還是能感覺出那名娃娃臉男孩多少受了幾分影響。即使對方還是如往昔露出開朗的笑容，可是笑容裡有時會滲入惆悵。

對柯維安來說，符邵音或許也算是他另一種意義上的家人。

一刻父母去世得早，他知道失去家人的難過，也明白要花上很長一段時間才能平復情緒。

可是身爲朋友，他希望柯維安能好好的，就像平常狡猾或傻氣地笑，或三不五時說出一些討打的蠢話。

因此，一刻這次才會主動邀請柯維安到潭雅市來，希望能藉此轉換對方的心情。

只是現在想想，一刻忽然有點擔心，只憑自己一個人也許不夠力。

家裡的熱鬧和歡樂氣氛，向來是由宮莉奈和織女負責，有她們就能輕易產生。

可是，她們都出門玩去了。

一刻忍不住想像起要是宮莉奈和織女在，又會是怎樣一幅光景。

嗯，首先，莉奈姊很可能會把半個客廳變得髒亂，再熱情地下廚，導致廚房差點發生小規模爆炸……一刻的臉色突然白了一些。

然後，織女會趾高氣揚地差遣自己做布丁、買布丁，還會順道連柯維安一起理所當然地差遣，中間還會夾雜無數喜鵲的毒舌諷刺……

一刻的臉色猛地轉青。

我操！她們倆還是別在家好了！

堅定地把腦袋內浮現的驚悚畫面抹去，一刻將擱在桌上的茶水一口飲盡，決定先打個電話，確認柯維安現在人到哪邊了。

手機被一刻扔在房裡，自從換了智慧型手機後，他反倒用得有點不太習慣。

正當一刻準備往二樓移動之際，門鈴聲就像是抓準了時機，驀地高聲響起。

一刻吃了一驚，沒想到這麼剛好，他連忙三步併作兩步地邁下樓梯。

如同事先說好的一樣，客廳裡的電話也挑在這個時間鈴聲大作。

「靠！」一刻咂下舌，平常培養出的習慣讓他反射性先接起了電話，「喂？請問要找……」

剛拿起話筒，詢問都還沒來得及說完，一道再熟悉不過的聲音就迫不及待地搶過話頭。

「哈囉！是我，是我啦！」

要不是認得聲音主人是誰，一刻估計就要把它當成詐騙電話，不客氣地狠狠掛掉。

「小白甜心，是人家啦！你手機都沒接，發LINE也沒回，所以我就打你家的電話了……等等，是小白沒錯吧？不是莉奈姊、織女大人，還是莉奈姊未來的老公吧？」

「……這才是最先要問清楚的吧，柯維安！」一刻握緊話筒，咬牙切齒地罵道：「靠杯啊！結果你根本就沒聽人講話嘛！」

「欸嘿嘿……」另一端傳來了一陣傻笑，「我只是想到過不久就要見到甜心你，太興奮，所以不小心就急著先打招呼嘛……」

「說過幾百次了，誰他媽是你的甜心。」一刻沒好氣地罵道，接著他意識到柯維安的話裡透露出一個重要的訊息。

過不久……那麼柯維安就不可能在門外按門鈴了。

「所以你還沒到潭雅嗎？」

「已經到潭雅市了，不過路上有點塞，我搭的公車還塞在車陣中……小白，今天難不成是什麼日子嗎？車還真多耶！」

「不就是一般的上班、上課日？」一刻注意到門鈴聲在不知不覺中停止了。

如果不是柯維安，最有可能就是推銷員之類的。見沒人前來應門，以為沒人才離開吧。

「柯維安，你要是快到我家，就再打一次電話給我。手機沒接就打家裡的電話，反正我在家裡等你。」

「沒問題的，小白，你等我電話喔！是說我最大的夢想之一，就是有可愛的小蘿莉、小正太和美少女，對我說『我在家裡等你回來』……光是想想就……」

「就你老木。」一刻冷酷地掛斷電話，還耳朵一個清靜。

「真的是……精神未免太好了，跟打了興奮劑沒兩樣。」一刻抹把臉，心底卻同時感到放心不少，他聽得出柯維安的開心絲毫沒有勉強。

那名娃娃臉男孩真的很高興。

看樣子，邀請他到潭雅市玩幾天果然沒有做錯。

當然，這些話一刻是絕對不會告訴柯維安的，否則某人的尾巴鐵定要得意地翹到天上去。

一刻環視了下，客廳相當乾淨，用不著再做整理。房間的話，當初讓牛郎住的客房，倒是可以讓柯維安睡。這個暑假他有定期打掃，最多再找份新的盥洗用具就差不多了……

一刻腦子裡盤算得飛快，腳步也跟著再向樓梯移動。

然而就在這瞬間，停止的門鈴聲竟又再次響起。

這回不再是中規中矩地按著，彷彿存著惡作劇的心思，門鈴聲變著花樣地叮咚作響。

一下長一下短，一下三長兩短。

門外的人簡直把門鈴當作鋼琴在彈奏。

如果不是剛剛才與柯維安通過電話，知道對方人還沒到，一刻一定會以爲是柯維安故意鬧著玩。要不然會有誰這麼閒，按別人家的門鈴硬是有辦法按出一首「小蜜蜂」……

不，等等。

一刻背部驀然一僵，臉色也有些鐵青。他還眞想起來，他認識的人之中，就有那麼一個傢伙曾幹過類似的事情。

「幹，不會吧？老子可沒聽說那丫頭要過來啊……」一刻腦海一浮出那名像小動物的鬈髮女孩身影，立即感到太陽穴一陣抽動。

前陣子去岩蘿鄉時，某位姓蔚名可可的傢伙，就在他房間外，硬生生地將門鈴按成了「小星星」吵醒他。

聽著一首「小蜜蜂」就快要結束一輪，估計還有進入第二輪的趨勢，一刻板著臉，馬上踏出客廳，大步流星地走至玄關前。

就在第二輪「小蜜蜂」響起第一個音節的瞬間，一刻猛地打開大門，醞釀在舌尖的怒吼也同時噴發而出。

「蔚可可！妳他媽的按什麼小蜜蜂？我家門鈴該死的跟妳有什麼深仇……」

一刻沒有將髒話罵完，當他看清門外人影，最後幾個字下意識地吞嚥回去，取而代之的是深深的震驚。

站在門外的嬌小身影確實屬於女孩子所有，可是，卻不是一刻以為的蔚可可。

門外人有著一頭削得薄薄的短髮，額前染著一縷漸層式的橘色系劉海。細框眼鏡後是一雙大大的貓兒眼，眼裡流轉著靈活狡猾的光芒。

那是一名長相清秀的女孩子，但她的打扮在這個季節裡，是如此的突兀和格格不入。

九月的天氣仍相當悶熱，但這名女孩子竟然穿著毛茸茸的厚外套，讓人產生了她似乎錯置在冬季的錯覺。

「哈囉！」少女大大方方打招呼，絲毫沒有半點被主人抓到玩弄門鈴的心虛感。她的語調直爽又快活，「有段時間沒見了呢，宮一刻。不過把女孩子的名字喊錯可是大忌，要安慰一顆脆弱受創心靈的話，只有付醫藥費才是上上策之一唷。」

一刻像是被這番理直氣壯到無恥的發言給驚呆了，一時傻站在門口。

「既然是之一，就表示還有其他補救方法。不然你選那個如何？本姑娘也大力推薦那個的！」少女立刻把握機會，大力鼓吹，「我打算在潭雅市待上幾天，包吃包住順便包養一下，怎樣啊，宮一刻，包嗎？」

「包……包恁娘啊！老子家謝絕非法推銷，再見、不送！妳找別人去吧，范相思！」一刻黑著臉，想也不想地就將大門關上。

只不過一把摺扇搶先一步卡進門縫，讓門板無法順利密合。

「嘖嘖，眞是太無情了哪。宮一刻，說好的同伴愛呢？」

「從來就沒有那種鬼東西。」

「果然無情無義啊……要知道，灰幻就曾向我提出類似的請求，表示自願包下我一輩子。但還得在表格簽名蓋章什麼的，實在太麻煩了，所以我很乾脆地拒絕了。」也不知道范相思是怎樣使勁的，倏然攤展開的扇骨將門縫擠撐得更開，足以讓對方滑溜地往內卡進半個身子。

……妳確定那叫包養嗎？灰幻擺明是在跟妳求婚好不好！一刻忍住差點脫口的咆哮。比起柯維安，有時候他覺得范相思的思考邏輯更令人難以應付。

眼見范相思都卡進屋子裡了，為免門板夾到人，一刻放棄地將大門完全拉開，凶惡的眼神還是不善地瞪著無端跑到潭雅市，而且是跑到他家的公會執行部部長。

「不包養，死都不包，還有女孩子不准再說這種狗屁話。」

「哈哈哈，宮一刻你真的是個好孩子耶！」范相思還是第一次被知道身分的人類當作年齡小的女孩看待。雖說她外表像高中生，但實際上也是名上百歲的劍靈。

范相思被逗樂似地踮高腳尖，想要摸摸一刻的頭，不過一刻當下別開，不悅地拒絕這個被視作孩童的舉動。

「所以妳到底有什麼事？」一刻雙手環胸，目光銳利，說什麼都不相信對方會無事找上門。

「哎，我說我錢包掉了，你信嗎？」

「死都不信。」

「那手機也掉了呢？」

「騙鬼去吧。」

「那麼，我說我來確認一個都市傳說，你信不信？」

一刻一愣，本來防衛意味十足的雙手，也在不自覺中放下。

都市傳說？

在他到繁星大學唸書之前，他所知道的潭雅市都市傳說可謂少之又少。然而有一個，卻是他眞眞切切親身體驗過的。

即使這傳說早已不復存在，湮沒於時間之中，但當時的一切，彷彿仍歷歷在目。

曾有人一襲紅衣，面覆繪有「引」字的素白面具，手持燈籠，身邊紅蝶飛舞，低柔的嗓音恍若呢喃，無孔不入地鑽進人的內心深處。

她說：向我許願，我會實現你的願望。

她是……

「啪」地一聲，摺扇俐落收起的聲音拉回了一刻恍惚的神智。他看見范相思將扇子抵著下巴，大大的貓兒眼彎成狡猾的月牙狀。

他聽見那名劍靈少女用清脆如鈴鐺的聲音說：

「宮一刻，你聽過一個叫『引路人』的都市傳說嗎？」

□

伴隨著「啪啦」的聲音，公車車門自動開啓，從階梯上跳下了一名揹著背包、頭上戴著頂帽子的鬈髮男孩。

男孩看起來相當稚氣，特別是那雙大眼睛，和從帽下不安分鑽出的鬈翹髮絲，更是增添了一抹頑皮勁。

假使讓其他人來看，十之八九都會以爲這應該是名國中生。

事實上，柯維安是個準大二生了。那張得天獨厚的娃娃臉，巧妙地隱藏了他的年紀。柯維安不討厭自己外表看起來顯小，這在裝無辜、搏同情的時候，特別能發揮效果，但偶爾也有壞處。

例如要買十八禁書籍的時候，柯維安總得掏出身分證，才能順利結帳。

「唉，要是三十歲時還長得像國中生，該怎麼辦才好？我也想變得英俊威武一點呀……」從關上的公車門瞥見自己的倒影，柯維安忍不住摸上臉頰，想到身邊朋友一個個都是高大挺拔的身材，沒有一百八，也有一七五以上。

自己這才一百六十幾的身高夾在中間，活像株營養不良的小樹苗。

想到那畫面，柯維安的眉頭不禁糾結得擰起。

不過公車可不管下車的乘客在苦惱什麼，一等路口綠燈一亮，馬上加速開走了，順便還噴了一團灰煙當作離別禮物。

「嗚哇！咳咳……」柯維安連忙抓下帽子擋著臉，往後跳了一大步，總算避開被廢氣噴得灰頭土臉的命運，但那難聞的氣味還是讓他咳了好幾聲。

「這味道真是……」柯維安苦著臉，抓著帽子搧了搧，好讓鼻子能輕鬆一點。

待廢氣味散逸，柯維安將帽子重新戴好，大眼睛轉了轉，東張西望地打量下車處。

距離他上次來潭雅市，已經隔了好一段時間，幸好他還記得該怎麼走，才能到達一刻家。

柯維安想起一刻不久前的交代，本想拿出手機通知一下，可是轉念一想，忽然又冒出要給人驚喜的主意。

柯維安幾乎可以想像一刻大吃一驚又拿自己無可奈何的表情，不由得開心地竊笑幾聲。

心動不如馬上行動，柯維安不假思索地邁出步伐，按著記憶中的路線往前走。

也不知道附近是哪裡有學校，一路走著，和不少高中生擦身而過。從制服的樣式看來，都是同一所高中的學生。

男孩子是白襯衫加深藍長褲，女孩子是黑上衣搭紅黑格紋裙，年輕並帶有一絲稚氣的眉眼，無一不是洋溢著這年紀獨有的青春氣息。

「利英……高中？」柯維安從書包上瞄見了學校名字，隱約覺得好像在哪裡聽過，但一時半會又想不起來。

他還注意到，部分學生染著稀奇古怪的髮色，走在路上格外引人注目。

柯維安知道現在高中已經沒有髮禁，但太過特立獨行的造型，一般學校基本上還是會有意見的……可是從自己看到的不單單是少數人來看，利英高中的校風大概相當自由開放。

「感覺就是很適合小白的……」柯維安摸著下巴，忽然靈光一閃，一擊手掌，「我想起來了！就是小白的母校嘛！以前聽小白提過，怪不得我會覺得熟悉。」

這突如其來的大叫，反倒嚇了正好從旁經過的幾名女學生一跳。

她們反射性地露出緊張之色，可是隨即就發現到突然大聲嚷嚷的，是個可愛的男孩子。

那大大的眼睛和鼻尖、兩頰的一點雀斑，都給人討喜的感覺。

女學生們雙眼一亮，竊笑地咬著耳朵，目光大剌剌地將柯維安從上到下打量一遍，隨後才像是欣賞完畢，心滿意足地笑鬧著走了。

還能聽到她們幾人的說話聲斷續飄來，毫無壓低的音量，清晰地進入柯維安耳中。

「那個國中生看起來很可愛耶！」

「但是年紀太小了一點……」

「沒錯沒錯，姊姊們對嫩草可沒興趣呀……等等，我們剛剛的話題還沒結束吧？」

女學生們妳一言我一語地嬉笑說著，夾雜著偏尖的咯笑聲，讓後方的柯維安哭笑不得。

「嘖嘖，論年紀，嫩草應該是她們那些小高中生才對哪……可惜高中生對我來說，還是過了保鮮期限……」柯維安搖搖頭，無意識地做出如果被聽見，瞬間就會成爲女性公敵的發言。

柯維安本想加快腳步離開，然而身後飄來的話語中，冷不防冒出「都市傳說」這幾個字。

柯維安反射性地煞住腳步了。

雖然他的眞正愛好，是與世界上所有小天使幸福共處——最好年紀能限定在十歲以下的小男孩、小女孩，當然三歲以下的更歡迎；或者說外表年紀達到標準的，一樣算在他的好球帶內——但他可沒忘記自己再怎麼說，也隸屬於不可思議社的一員。

任何不可思議事件裡，都可能藏著有關瘴或瘴異的線索。

一想到這裡，柯維安毫不猶豫地將帽簷拉低，讓人無從發覺到在他的前額處，浮現出肖似第三隻眼睛的金色花紋。

那是神紋。

一動用神使的力量，柯維安的聽覺頓時提升了敏銳度。就算還不能和天生擁有異常聽力的蘇冉相比，卻足以讓柯維安聽見後方女學生們的談話內容。

「是那個都市傳說嗎？什麼人的……」

「厚，引路人啦！氣氛都被妳破壞光了。」

「對對對，就是引路人……我只是一下子忘記啦。以前曾聽我姊說過，聽說……在人少的巷子裡，會出現提著燈籠的紅衣女人，要人向她許願，然後她就會實現願望……之類的吧？」

「不是不是，這是舊的，而且早就不流行了啦。」

「咦？咦咦咦咦？不是這個嗎？意思是有新的引路人傳說？」

「妳一定都沒上學校的討論版，我是說我們學生自己的那一個，現在那邊的帖子可多了。妳講的舊版，好像幾年前在哪個靈異論壇上流行過一陣，然後就沉下去了。」

「所以新的引路人是怎樣的都市傳說？快說快說，別吊我們胃口啦！」

「哼哼，我知道的可多著呢。告訴妳們，聽說啊……要是自己一個人走在人少的偏僻巷子，就可能會遇上平空出現的紫衣少年。他手提著紅燈籠，臉上被白色面具遮著，看不見一半的臉，面具上還寫著一個『引』字……」

「哇啊，眞的假的？聽起來好不可思議！再來呢？再來呢？」

「討厭，別打斷我說話啦。再來是，當那名少年出現，他會問人要不要由他引路，但是如果不夠資格，他就會說你還不夠格，接著消失在你面前……就是這樣，他才被人叫作引路人。」

「等一下，要是眞的跟他走，會發生什麼事啊？」

「我怎麼知道？我又沒碰過。有人說會實現願望，有人說會獲得寶物……總之，很多說法啦。」

「哇，妳知道得好詳細耶！連引路人長怎樣都知道！」

「就叫妳們要多去地下討論版嘛，那裡什麼八卦、傳說都有。就是有人在那裡發帖，說她的鄰居親眼看見引路人……不過那鄰居好像是別校的，不是我們利英的。」

「天啊，好酷！我也想碰上一次看看，搞不好能實現願望。」

「我想要獲得寶物，獲得很多錢。」

「那也要看人家肯不肯帶妳走啦，哈哈哈……」

女學生們嘰嘰喳喳的笑聲逐漸變得模糊，然後消失不見。

柯維安轉過頭，那幾抹黑衣、紅黑格紋裙的苗條身影，已經隱沒在下一個路口的轉角後。

他若有所思地瞇起眼，眼裡閃過不符合稚氣臉孔的精明光芒。

「引路人……嗎？」柯維安喃喃吐出這幾個字。

這是他第一次聽到這則都市傳說，但不得不說，那些女學生們提供的資訊非常充足。

當中最引人注意的一點，莫過於「發帖的作者的鄰居曾親眼見過」。

一般來說，都市傳說都是沒有根據、沒有源頭，都是從朋友的朋友那邊聽來的。

但發表引路人帖子的作者，卻說是從她的鄰居那裡聽來，非常明確指出消息來源對象。

這使得柯維安覺得引路人傳說的真實性，恐怕出人意料地……高。

好奇心讓柯維安蠢蠢欲動，他忍不住就想掏出手機，上網搜尋起引路人的相關傳聞。但

他猛地又想起自己還在半路上，得趕緊到一刻家才行。

「甜心一定在家裡望穿秋水地等著我……不行讓他等太久啊！」柯維安急忙抓緊背包肩

帶，腳下速度加快，三步併作兩步地往目的地直奔。

一旦展現爆發力，柯維安花費的時間立刻大幅度縮短。

不到十分鐘，他就已經站在一刻家的大門外。

大大喘了幾口氣，好平復全速衝刺造成的急促呼吸，柯維安又拉拉帽子、拍拍衣服，還不忘把遮到眼前的頭髮撥開。

確認過自己的儀容沒問題後，柯維安深深吸一口氣，慎重地伸出手指，壓下了門鈴。

就算隔著大門，還是能聽見鈴聲叮咚響。

趁著等人開門這段時間，柯維安已經在腦子裡迅速模擬好接下來的應對。

如果是小白，直接熱情地撲上去吧……雖然被踹飛的機率不是沒有。不過要是擺出最無辜的表情，機率就能下降大約四十個百分點，娃娃臉萬歲！

如果是小白的堂姊或未來堂姊夫，就要露出最乖巧禮貌的姿態，還不能忘記要喊上一聲「姊夫好」才行。這樣一來，那名看起來比他家小白還要可怕的金髮男人，就會緩和臉色。

沒錯，就是這樣！

自認計畫完美無缺，柯維安自信地挺起胸膛，就等著好好實行。他已經聽見屋內傳出腳步聲，越來越向大門靠近。

終於，大門「喀」地一聲被人由內打開。

只不過映入柯維安眼中的，不是他預想的一刻、宮莉奈，或是江言一。

而是一張有著大大貓兒眼的清秀臉蛋。

「你好呀，柯維安。」貓兒眼的主人笑嘻嘻地衝著柯維安打招呼。

柯維安大腦空白一片，他反射性抓住門把，將門用力關上，瞬間也擋住了門內人的臉。

柯維安一個箭步地跑去看門牌號碼，數字正確；再回到建築物前方，仔細上下審視一番，屋子長得也和他上次來時一模一樣，沒有改變。

既然如此，爲什麼從裡面出現的會是……這不科學！

肯定是他剛按門鈴的方式不對，也可能是他早上起床的方式哪裡出錯了！

柯維安做足了心理建設，說服自己方才所見只是場幻覺，決定大無畏地再次按下門鈴。

大門很快就打開了，從裡頭探出的是一張凶氣四溢的臉。

「柯維安，你搞什麼啊！幹嘛拖拖拉拉的不進來？而且老子不是叫你下車時先打電話給我嗎？」

「小白啊……」柯維安壓根沒將那番話聽進去，他感動地望著熟悉無比的身影——那凶狠的眼、硬邦邦的臉部線條，正是他的甜心沒錯——當下不假思索地將那份感動化爲具體行動。

「小白親愛的啊啊啊！一日不見如隔三秋，那麼多年沒見到活生生的你，真是讓我想死你了！」柯維安大張手臂，熱情地朝著白髮男孩飛身撲上，「我告訴你，我剛居然看見一個不得了的幻覺！我居然看見那個坑人錢不手軟的范……范……」

柯維安的話猛然間卡住了。

維持著被一刻扣住頭，嚴禁自己撲上的古怪姿勢，柯維安瞪大眼，嘴巴也張成O字形，瞠目結舌地看見口中的「幻覺」正神采飛揚地向自己揮手打招呼，另一隻手還做出食指、拇指圈起的手勢，嘴角勾起了狡黠的笑意。

「不止是坑人，坑妖、坑半，本姑娘也滿擅長的哪。」「幻覺」說話了，「柯維安，我都不知道你這麼期待見到我。我不介意你把那份期待值轉成用金錢來表示，五百元鈔票不錯，一千元鈔票我就更喜歡啦。」

「那絕對是連一塊錢都不會有的……不對！爲、爲什麼妳會在小白家裡啊，范相思！」

柯維安放棄撲上一刻，他跳了起來，一臉震驚地指著一刻後方的短髮少女。指尖還是巍顫顫抖動，足以洩露他的內心有多麼驚濤駭浪。

「最重要的是……爲什麼妳開門的姿態自然得簡直像是這裡的主人！」

「哎呀，柯維安，你難道不知道嗎？」范相思握著不知道從哪裡變出來的摺扇，「唰」地展開，遮住半張臉，襯得那雙勾揚的貓兒眼愈發狡詐神祕。

「知道什麼？」柯維安緊張萬分。

「靠！范相思妳可別胡說八道！」一刻頓生不祥預感，急忙出聲喝止。

可是來不及了。

「我跟宮一刻現在是『**同居**』關係唷。」范相思發音完美，字正腔圓。

剎那間，柯維安被大大還加粗的「同居」兩字砸得眼冒金星，暈得找不出東西南北……

第八章

柯維安本來想給一刻一個驚喜，結果驚喜不成功，反倒是自己收到一個大大的驚嚇。

就算回到神使公會，也經常神龍見首不見尾的范相思，竟然出現在一刻家裡，還鏗鏘有力地宣告自己和一刻是同居關係。

范相思和小白同居？不可能吧？

范相思怎麼可能和他家小白同居！同居！同居！

過度強烈的震驚，造成柯維安在心裡的咆哮都產生了回音效果。

娃娃臉男孩霍地轉頭，淚眼汪汪地對著一刻悲痛指控，「太過分了，小白……甜心你眞的是太過分了啊啊！你忘記班代、忘記曲九江，還連在繁大男宿隔壁床位的我都忘記了嗎！」

「忘你妹啊！靠杯的又跟你說的人有什麼關係？別把你自己一併也偷渡進去！」一刻黑了臉，臉色比鍋底還驚人，「閉嘴，不准反駁。客人先給老子滾到客廳裡，范相思妳也一樣。誰跟妳同居？要不是爲了正事，早就把妳扔出去。老子數到三，都滾進去，三－！」

在一刻的恐怖氣勢下，柯維安大氣不敢吭一聲地乖乖照做，就連范相思也識時務地晃進客廳裡。再怎麼說，她現在可算是寄人籬下，免費的吃住都寄託在一刻身上。

一踏入客廳，柯維安才慢一拍地反應過來，這個家的其他人似乎都不在，否則憑他們沒有節制的音量，早就引人探頭出來看了。

「小白，莉奈姊和你姊夫都不在家嗎？」柯維安找了位子坐下。當初只來過這裡一次，沒時間好好觀察，所以他立刻好奇地東看看西看看。

「他們出門玩了。」一刻拎著兩罐冰過的飲料從廚房裡走出來，一罐扔給柯維安，一罐塞給范相思。

冰冰涼涼的溫度頓時從掌心擴散，驅散了柯維安從屋外帶進來的熱意。

柯維安滿足地輕吐一口氣，大眼眨巴眨巴地盯住一刻，期盼從對方口中聽見事情始末。

「同居什麼的，只不過是放屁。」

一刻果然沒有令柯維安失望，第一句話就讓他眉開眼笑，心花怒放。

可是一旁的范相思馬上笑吟吟地補了一刀過去，「住在一起不叫同居是什麼？我沒騙你啊，柯維安，這幾天我會住在宮一刻的家裡呢。」

「什麼——」柯維安險些摔了手中的飲料，「這事情的發展完全不對啊！小白，說好的兩人世界呢？」

「鬼才跟你說好，你作夢吧。」一刻鄙夷地給了柯維安一枚眼刀。

明明就是普通的去朋友家玩，柯維安就是有辦法講得像是刷上一層粉紅色泡泡，這唬爛的技能也算是一種另類的天賦了。

爲免好端端的事情在兩人添亂下，變得越來越複雜，最後像是脫韁野馬，一發不可收拾，一刻快刀斬亂麻地搶在柯維安和范相思之前開口。

「范相思在潭雅市有正事要辦，借住我家幾天。柯維安，我本來清了一間房間給你，不過你現在將就一下，跟我擠一間吧。」

「不將就，百分之一萬不將就啊，甜心！我一定會盡責地當你的人肉暖爐！」柯維安這下是心花朵朵開，就差沒開成一片小花園了，彷彿連亂翹的一撮頭髮都精神抖擻地挺立起來。

「啊？大熱天的鬼才要暖爐，滾邊去。」一刻嫌惡地彈下舌，「而且是你睡床上，我打地鋪。」

「咦——怎麼這樣？」

「因爲老子才不想被你踹下床，你的睡相他媽的糟透了！」

「嚶嚶……嚶……」

面對一刻的冷酷聲明，柯維安大受打擊，本來精神抖擻的那撮頭髮也蔫蔫垂下。

「其實呢，只要在房間放個安萬里，柯維安就會睡得超級安分，簡直跟躺屍差不多。如何，要不要我叫他來？呼叫費只要三張小紅就夠，便宜有效，值得你擁有。」范相思晃晃手上的手機，螢幕上已經叫出安萬里的電話號碼，就等撥號鍵按下。

「求妳不要！」一刻和柯維安幾乎異口同聲地緊張制止。

前者是不希望那名學長趁機來他家開影片欣賞大會，不用想都猜得出來會是怎樣的片；後者是說什麼也不願意跟心切開都是黑的某人共處一室。

「好吧。」范相思聳聳肩，有些惋惜沒能多打劫到一筆小錢。「宮一刻，我睡哪倒是都可以，除了織女的房間。牛郎三不五時也會來這裡住吧？那人的鼻子挺靈的，要是聞到老婆房裡多了股金屬味，我想我應該會被記上一陣。嘖嘖，肚量小男人的最佳寫照。」

「但范相思妳是女孩子耶。」柯維安只在照片上見過牛郎，印象中是名好看到連同性都會自慚形穢的桃花眼美男子，給人溫柔體貼的感覺，「牛郎先生不至於把女性也當作情敵吧？」

「呵呵。」范相思回了一個「你太傻太天真」的眼神，「喜鵲都想著要把牛郎幹掉，自己當男主角了，你覺得牛郎會不把女人當情敵嗎？」

「哇喔……這三角戀未免也太勁爆了吧？」柯維安目瞪口呆，感到自己都被刷新了眼界。

「打住，那三人……不，那兩人一鳥的感情事用不著我們關心。范相思，妳來這不是爲了八卦這種鬼東西吧？」一刻板起臉，不耐正事遲遲沒有進展。

「哎，的確不是。」范相思爽快地承認。她忽然從自己的包包裡翻出一台平板電腦，熟練地在螢幕上點畫幾下後，立刻叫出一張地圖。

一刻和柯維安看著擺上桌面的平板，內心生起些許茫然。他們認得出那是全台地圖，但范相思爲什麼要他們看這個？

「范相思，這跟引……」一刻皺起眉，可是話還沒問完，就被范相思抬手打斷。

「讓我從頭說明。」范相思說，「我對瘴異的存在很感興趣，那是種新型的瘴，不須欲線碰地，只要心的空隙足夠，就能夠鑽進去。可是，沒人知道爲什麼會有瘴異。有關它出現的第一次記錄，是珊琳身上那隻。」

兩名神使沉默，不約而同皆想起半年前初見珊琳的場景。

只不過才半年多的時間，卻已經發生了如此多的事情。

癉異的出現、岩蘿鄉的封印、繁星市的狩獵妖怪、符家的乏月祭、情絲與傾絲……然後，又兜轉回到癉異身上。爲了讓「唯一」復活，極力破除封印的癉異。

「從那些癉異的說法，它們的目的在復活蒼淚，也就是妖怪中的『唯一』。有趣的是，珊琳身上那隻癉異暴露身分前，從來沒有發現過其他新型的癉。但是當半年前那隻癉異出現後，各地便開始有了癉異出沒。」

范相思的神情看似調笑，但眼內的光芒相當嚴肅。

「按照公會的統計數量來看，癉異比起癉，還算是少數。不過它們的確活躍得很，應該說，活躍得太過努力了。」

「意思就是，半年多前等於是癉異正式活躍露面的分界點嗎？它們之前都像珊琳身上那隻，潛伏著沒出現？」柯維安抓住其中一個重點。

「嘛，大概是吧。」范相思用摺扇敲敲掌心，給了一個模糊的回答，「畢竟沒有一隻癉異願意告訴我們，在過去那些年間，爲什麼不曾有過它們的蹤跡。但是爲什麼直到現在才出現，應該就不難猜了。」

「封印！」柯維安一個激靈，「『唯一』的封印！」

「『唯一』的封印不是一直都在？那它們幹嘛不……」一刻霍然露出恍然之色，「封印……開始鬆動的關係？」

「賓果！」范相思打了個響指，「安萬里說，封印在七百年過後會減弱。而現在，正是那個七百年過後。『唯一』要是醒了，對妖怪會產生大範圍的污染。但是按照情絲身上那隻瘴異所說，只要污染還沒完成，它們都可以入侵那些妖怪體內，得到一個強大的宿主，這估計就是它們要復活『唯一』的目的了。」

「可是，這到底跟潭雅市……」一刻不禁心生更多困惑，到現在還是不明白范相思的意思。

「重點不就來了嗎？」范相思的食指敲敲桌面，宛如暗示要有耐心，接著她又點按幾下平板的螢幕。

霎時，原先空無一物的單純地圖上，赫然跳出眾多紅色光點。

那些光點分散的位置沒有規律，東南西北皆有它們的蹤影，有的密集，有的零星。光點旁還跟隨著一個小小的數字，像是一個統計結果。

「這是到目前爲止，公會所掌握的瘴異出沒分布圖。」范相思也不賣關子，直截了當地說。無視另外兩人詫異的神色，她指了指地圖上的一個區塊，「但是，看看這裡。」

一刻和柯維安看著范相思特意將局部放大，他們認出那裡正是潭雅市。

可是說也奇怪，相較於其他城市都標上了代表瘴異的紅色光點，潭雅市卻是——什麼也沒有。

「等等，這到底是怎麼回事？」一刻的詫異轉為錯愕，他飛快回想起自己在暑假期間有沒有在潭雅市碰過瘴異？

答案是，沒有。

一刻記得很清楚，他回到潭雅市後，最多只遇過瘴，不曾發現過瘴異的存在。

「如果只是單純風水好，連一隻瘴異也沒有出現就算了。問題是……」范相思將放大的圖片再縮回一些。

一刻與柯維安看得清清楚楚，和潭雅市的空白相比，包圍著市周遭的其他城市，光點格外密集。

「簡直就像是瘴異把潭雅圍住啊！」震驚之餘，柯維安想也不想地脫口喊道：「范相思，這樣的情況正常嗎？」

「你們覺得正常嗎？」范相思把問題丟了回去，不意外地瞧見兩名神使表情複雜。

他們都知道，不論是不是巧合，這狀況都太詭異了。

柯維安摸著下巴，若有所思地問著身為本地人的一刻，「我說小白……你們潭雅市其實設有一個超級防護罩吧？啊，我知道了，一定是地底下有個機器人基地之類的！」

「我操你媽啦！最好有那種鬼東西！」以為柯維安要認眞發問的一刻當即黑了臉，冒出青筋，「你根本是腦洞開太大吧？哪座城市底下會有什麼鬼機器人基地？閉嘴，二次元裡的不算！」

「……喔。」柯維安失落地閉上嘴巴，他本來已經準備好要舉很多例子了。

一刻無視神經又接錯線的柯維安，視線落至范相思身上。

「妳覺得潭雅市存有某種因素，所以沒有瘴異？」

「正確來說，我可不能百分之百保證沒有。」范相思糾正道：「公會的數據是以神使打敗或發現到的瘴異來做記錄，或許潭雅市有，只不過至今沒人碰上。」

范相思收起平板，往後靠上沙發椅背，雙腳大剌剌地擱在桌上，絲毫沒有這是別人家，該遵守客人禮儀的自覺。

一刻的頰邊肌肉抽了抽，但最後並沒有出聲。

比起家裡某位老是愛踩在桌上、或坐在桌上的小蘿莉，范相思的行為還算在能忍受的範圍之內。

「總之，我人來到潭雅市，就是為了摸清情況，確認潭雅市是眞的沒瘴異呢，還是說，另有不為人知的原因。不過我剛來這裡不久，倒是先聽到一個有趣的事情。」范相思把玩著摺扇，使之在手掌中翻舞出令人眼花撩亂的影子。

隨著摺扇從半空掉落，被范相思俐落地一把接住，那清脆的嗓音也從她的嘴唇中滑出。

「引路人的都市傳說。這也是我來找你的目的之一，宮一刻。你曾經遇上過引路人，對不對？」

引路人。

柯維安沒想到自己在路上偶然聽見的名字，竟然會在這裡又聽到一次。

更沒想到的是，范相思還說一刻曾經遇到過引路人！

「真的假的？小白你遇過？」柯維安大吃一驚，雙手也反射性抓上一刻的衣領，眸子像探照燈般，上上下下將對方掃過一遍。

「你沒發生什麼事吧？雖然你是男的，但天知道現在的男妖怪都在想什麼，更別說小白你還是天使啊！」

「天使你老木啊！」一刻被柯維安劈頭的一大串話繞得頭暈眼花，可還是抓到了對方最後幾個字，當下鐵青著臉，氣勢凶猛地低頭往柯維安的額頭一撞。

是男人都不會想被形容成那種光屁股、軟綿綿的玩意！

毫無防備的柯維安頓時眼冒金星，金星中似乎還夾雜著幾隻光屁股的小天使在團團飛舞。

「痛、痛死人了啊……小白……」柯維安摀著額頭嘶氣，可憐兮兮地擠出哭訴，「你怎麼忍心這樣對待你的甜心？」

「絕對忍心。」一刻斬釘截鐵地說，「而且誰他媽的是你的……」

注意到一刻忽然沒了聲音，柯維安納悶地抬起頭。

一般來說，小白不都會流暢地將髒話罵完嗎？還是說……難道，他家小白終於願意承認彼此的關係了？

柯維安的眼睛剛要發亮，就見到一刻緊緊擰起眉頭。

「小白？」

「柯維安，你說……男妖怪？」

「咦？」

「你爲什麼說引路人是男妖怪？」

「呃……難不成不是妖怪？」

「引路人的確不算妖怪，而是傳聞、謠言產生出來的聚合體……不對，我要說的不是這個。」一刻耙耙頭髮，像是感到焦躁，「我要說的是，引路人明明就是個女的！」

「咦？咦咦咦咦——」柯維安瞪圓了眼睛，險些從沙發上跳起。

小白說引路人是女的？但自己從路上女學生那聽見的，分明是……

「真的是女的？小白，你確定你沒看錯？你會不會是把美少年當成美少女……」

「放屁！最好我會眼殘成……暫停一下。」一刻總算發覺到不對勁。

他和柯維安說的是同一個話題，然而他們很明顯沒有在同一個頻道上。

「柯維安，你知道引路人的傳說？」

柯維安先是點點頭，隨後又搖搖頭。

瞄見一刻眸子裡浮上凶光，柯維安趕緊大叫道：

「我還沒上網查過！我是在來小白你家的路上，剛好聽見利英高中的學生說的。她們說引路人是個紫衣、戴面具的少年；面具上有個『引』字，會在人少的巷子裡出現，對符合資格的人提出由他引路的要求。要是不夠資格，他就會說還不夠……我聽到的就是這些了，真的！」

一刻怔住。他自然聽過利英高中，那是他的母校……可是那些女學生說的都市傳說，和他知道的截然不同。

那就像是另一個新的都市傳說，新的引路人。

「見鬼了……」一刻喃喃地說，身子陷入沙發裡。

柯維安心思敏銳，從一刻的反應來看，他就猜出自己聽見的與一刻當初遇上的，恐怕不是同一號人物。

驀地，柯維安又想到女學生之中有個人曾這樣說過：

「……以前曾聽我姊說過，聽說……在人少的巷子裡，會出現提著燈籠的紅衣女人，要人向她許願，然後她就會實現願望……」

紅衣的女人……加上小白也說引路人是女的……

「小白，你們潭雅市該不會有兩個引路人的傳說吧？」柯維安小心翼翼地問。

「老子知道的可是一直只有一個……」一刻仰頭瞪著天花板，吐出一大口氣。

「引路人，一襲紅衣，手持燈籠，臉覆半截潔白面具，上面寫著一個大大的『引』字。出現時，身旁會有紅蝶飛舞。她提燈引路，會替人實現願望，但許願的人……也必須付出代價。」

「我在幼稚園的時候遇過，然後是小學，再來就是高中。」一刻聲音變得低沉。

從對方的敘述中，柯維安這才知道，原來一刻和蘇染、蘇冉是在幼稚園時一塊遇見引路人的，小學時也是一起。

但幼稚園時他們三人皆沒有引路人尋求的悲傷、絕望，於是引路人很快又消失。

等到他們上了小學，一刻父母因車禍過世，強烈的悲傷和絕望引來了引路人。

那名紅衣女子告訴他們，只要向她許願，她就會實現願望。

一心想讓一刻不再傷心難過的蘇染、蘇冉，許願了。

他們希望一刻的父母能夠再回來。

年紀尚小的孩童，還沒辦法完全理解「人死不能復生」的道理。

而蘇染、蘇冉更不會知道，他們與生俱來的強大靈力，以及那份執著念頭，反倒讓引路人獲得力量，成就她成爲實體的存在，不再只是虛幻的傳說。

隨著時間流逝，一刻等人忘記引路人、忘了曾許過願的事，直到引路人再度出現在他們面前，要來索取願望實現後的代價。

「之後就是一堆亂七八糟的事……我算是被耍得很慘吧，還被綁架。細節就跳過，你問了我也不會說。」一刻厲了眨巴眨巴盯著自己的柯維安一眼。

一看就知道那小子在打什麼主意，誰會暴露自己的黑歷史啊！

「反正最後就是引路人被瘴入侵，再被蘇染他們打倒。」一刻作結地說。

「聽起來引路人是被消滅了……小白，這是幾年前發生的事？」

「我高一的時候，有三年多了吧？」

「後來有再聽到引路人的傳說嗎？」

「沒有。當初也是因爲有人蓄意散播引路人傳說，才讓她成爲更強大的實體。事情結束後，關於她的傳說很快又消失。都市傳說往往來得快，去得也快，我上大學後，已經沒再聽說過了，直到范相思找上門爲止。」

「我這不是因爲從帝君那裡聽說你和那位都市傳說小姐有過交集，才找上你的嗎？雖然這是目的之一就是了。」范相思慢條斯理地回答，手上動作也沒停下。

只見這名短髮少女正快速敲打著筆電鍵盤，雙眼絲毫沒有從螢幕上離開。

一刻沒有追問目的之二是什麼，以范相思的性格來看，八九不離十是爲了免費蹭飯、蹭房間。

話說回來，范相思腿上的筆電看起來挺眼熟的……

柯維安自然沒忽視筆電的存在，他不止覺得眼熟，還覺得范相思根本就是強盜！

「我的心肝！」一發現自己背包裡的筆電平空沒了蹤影，柯維安大驚失色地跳起，一個箭步就要撲向神不知、鬼不覺摸走他心肝寶貝的狡猾劍靈。

范相思還是頭也不抬，頂多是一腳往地面一踏，一束巨大劍影衝起，頓時讓柯維安氣勢大減地連連後退。

「操！范相思，這裡是我家！敢破壞哪個地方，老子就滅了妳！」一刻忍無可忍地拍桌，「妳那把該死的劍都戳到我家天花板了！」

「哎？眞的耶……抱歉抱歉，偶爾也會有拿捏不準的時候，幸好沒戳出洞。」一涉及可能要賠償的事，范相思的態度馬上轉變了。她對一刻露出歉意的笑臉，手一揮，劍影瞬間消失得無影無蹤。

「把我的心肝還來！范相思妳到底是什麼時候摸走的？」柯維安眼神緊黏著筆電不放，像是深怕范相思一個手滑會摔了它。

「想知道嗎？錢拿來。」范相思笑吟吟地伸出手，掌心向上。

柯維安立刻什麼也不想知道了。

「開玩笑的，我只是借來查一點事，打字還是用鍵盤習慣。」范相思將筆電往桌上一推，示意一刻他們過來看看她找到的資料。

螢幕上是幾個網頁視窗，有的是論壇，有的是部落格，就連ＢＢＳ特有的黑底版面也在上頭。

柯維安抓過滑鼠，分別點開那些頁面，讓身邊的一刻也能好好看清網頁內容。越看，一刻的表情就越驚愕。

范相思找出來的，全是關於那個他不知道的引路人。

「柯維安講的引路人少年，似乎是從暑假開始出現傳聞的。」范相思說。

「靈異論壇、飄版都有一些討論，柯維安提到的利英高中地下討論版，我也註冊一個帳號進去了。或許是本地傳說的關係，那裡的討論比較熱烈，不過還不到太誇張的地步。看樣子，並非有人特意散播渲染。」

「啊。」一刻點點頭，「規模比起我高中時見到的小很多。」

「小白，你看這個。」柯維安倏地指著討論數較高的一則帖子，「這帖的作者說，她的鄰居在一個多月前親眼看見引路人，那些女學生們也提到這個帖子。」

根據發文者所說，她的鄰居當時是獨自走在路上。突然間，有詭異的紫色蝴蝶乍然出現，它們緩緩飛舞著，雙翅如有熒光閃爍。

就在那人看得目不轉睛、忍不住想伸出手的時候，一道年輕空洞的嗓音霍地響起。

那聲音說：**回答我，應允我，我將帶你去該去之處。**

隨著這古怪的話語落下，一抹更古怪的身影平空生成。

先是白色的腳，一隻腳上還凌亂地纏著一圈紅布，再來是紫紅色的奇異衣飾和白色的手。

一盞燃動著幽幽焰火的長柄燈籠被握於素白的手指間，最末是一張覆了半截面具的少年臉孔。

面具一片平滑，沒有可以視物的孔洞，唯有墨漬在上頭張牙舞爪地寫下一個「引」字。

明顯是非人類的紫衣少年讓那人呆住了，嘴裡無意識地發出幾個音節。

沒想到就在出聲的剎那，少年身影消失，再出現時竟已逼近身前。

那人被這詭異的場景嚇得腿差點軟了，但是沒等他眞的跌坐在路面上，像是來自深淵的空洞嗓音再度響起。

不，你不夠……

隨即紫衣身形冷不防地崩散成無數大大小小的妖異紫蝶。

閃著熒光的紫色蝴蝶飛掠過那人，待那人反應過來、急忙扭頭之後，巷裡卻什麼也沒有。

彷彿少年、紫蝶都只是幻覺一場。

「就時間來看，這帖子裡的當事人似乎是最先遇上引路人少年的，接著下面的回應陸續出現其他附和，表示自己也曾碰過，新的引路人傳說才算開始傳開，受到討論。」范相思往沙發上一靠，十指交握，「宮一刻，你怎麼看？」

「我不知道……」一刻抹了把臉，「那個新引路人的幾個特徵，面具、燈籠、蝴蝶……都與我所知的引路人相同，我實在很難認爲是單純的巧合，但他並沒有要人許願。帶人去該去之處……又是什麼意思？」

「還有，他說的不夠……也就是指條件不合、不是他要的目標對吧？」柯維安皺著臉苦思，「再換個方向想，那個新引路人是爲了找到符合條件的目標才出現的，可是怎樣才能符合條件？」

「關於這個問題，也許我能提供一點線索。」范相思握著扇柄，往空中虛劃出幾條痕跡。

金色的光線瞬間凝聚。

「我猜他想找的，是足以化成人的，」

金色的光線組成了兩個字。

「妖怪。」

爲什麼那個引路人要找妖怪？這個問題才掠過柯維安的腦海，另一個想法緊跟著油然而生。

柯維安迅速望向范相思。

和一刻不一樣，他認識范相思的時間久，對范相思的個性雖稱不上透徹，不過也算得上了解七、八分。

那名外貌是年輕女孩的劍靈，基本上不會無故去蹚與自己無關的渾水。以她的話來說，就是不做虧本買賣。除非涉及公會，或是像上一次狩妖士惡意狩獵妖怪的事件。

既然如此，范相思這回怎會主動要插手引路人的事？

那可是潭雅市的都市傳說，與繁星市半點毛線關係也沒有的！

「什麼鬼？爲什麼又扯到繁星市上？」一刻滿腹困惑地皺起眉。

柯維安這才發現，自己在不知不覺中把心裡話都喊出來了，偏偏喊的還是後半句，結果造成在一刻聽來就是個沒頭沒尾的莫名句子。

相較於一刻的不解，范相思倒是聽明白了。

「引路人是潭雅市的都市傳說，和繁星市的確沒有關係。」范相思慢悠悠地說，手指擱在腿上敲著拍子，姿勢看起來隨性得很，宛如這地方就是她的領地，「跟我也沒有關係沒錯，可是呢……」

范相思的尾音驀地拉得綿長。

下一秒，她驟然撐坐起身子往前傾，貓兒眼裡頭除了一貫的狡猾，還有不常洩露的凌厲。

「引路人想找的目標，跟我很可能就有關係了。」

「等一等，妳能別繞來繞去的嗎？」一刻舉起手，只覺得越聽越糊塗。

「就用小學生也能聽懂的方式，直白地告訴我們吧。」柯維安也真摯地說。

「自動降級成小學生程度嗎？帝君會哭的喔，文昌帝君的徒弟居然這麼不爭氣。」范相思用遺憾的眼神看著柯維安，「那我就用猴子也能聽懂的話告訴你們吧。」

「一，我在潭雅市有些線民，專門幫我搜集各方消息。二，他們都是能化成人形的妖怪。三，他們之中有部分妖怪失蹤了。四，失蹤的時間，正好和引路人開始出現的時間點疊合在一起。還需要五嗎？五就要收錢了哪。」

「不用、不用，完全不用！」柯維安連忙叫道。

只要一被范相思打劫到錢，就可能會被一路打劫到連條內褲也不剩。他還沒開放到能當眾裸奔，他可是修養良好的紳士！

「也就是說，妳懷疑妳的線民會失蹤，與引路人有關係嗎？」一刻不是笨蛋，范相思都說得那麼白了，他不至於反應不過來。

「畢竟以時間點來說太剛好了，教人不懷疑也難。」范相思聳聳肩膀，「我可是還需要他們的幫忙，怎能讓他們白白被拐走，對方可是沒付什麼出借費的。」

一刻和柯維安兩兩相覷，怎麼聽都覺得最後一句才是范相思的重點吧？

不過這樣一來，范相思找上門的目的就很明確了。

「妳是要我們……」一刻謹慎地問，爲免一不留神就被人坑到底。

「就是要請你們一起幫我查查看了。」范相思直白地說，沒有遮遮掩掩的意思。隨即她從錢包裡掏出一疊鈔票，一甩成了個完美的扇形，「所以怎樣？少年們，打工嗎？有打工費的喔。」

沙發上的劍靈笑得露出一口白牙，鏡片後的貓兒眼神采煥發。

但一刻和柯維安卻是震驚到不能自已。

「妳竟然會出錢？」

「媽啊！天要下紅雨了嗎？」

兩人的表情如出一轍地瞠目結舌。

不能怪一刻和柯維安的反應會如此劇烈，假使那話是別人說的也就算了。問題是，那可是范相思！

神使公會上下，據說只剩下張亞紫還沒被她坑過錢的范相思！

「嘿，眞是失禮的反應啊，本姑娘也是會付人打工費的。」范相思拿扇子戳戳震驚到像是暫時石化的兩人，「公會出的錢，不用白不用嘛。」

「……靠，結果不是妳的錢啊。」

「怪不得大方得像是變了一個人……」

兩名神使同時翻了個大大的白眼，以爲范相思會掏出錢的他們，眞是太傻太天眞。

不過一刻轉念再想，有錢領總比當無薪勞工好，況且他自己也想弄個明白。

引路人的事件當年明明已經落幕……爲什麼在數年之後，潭雅市會再度出現一個新的引路人？

「對了。」范相思忽然以摺扇一敲掌心，「我本來找了小語，她正好也會來潭雅市。但是，她說她是和朋友一起來玩的。難得小語會主動和人出門旅行，這可是値得公會大夥兒慶祝的，因此我決定還是不打擾她。」

……我明明也是來找小白玩的，難道我就可以隨便被打擾嗎？柯維安無來由地感到性別上的不平等對待。

「男人眞是不值錢啊，小白……嚶嚶……」柯維安傷心地擦擦眼角，轉頭就想趁機撲進一刻的懷裡。

一刻看也不看柯維安一眼，本能地一掌擋住對方的頭，腦子裡還不斷迴轉著范相思剛剛說的話。

秋冬語和朋友一起到潭雅市玩了……她的朋友還會有哪個？

除了「那個」，根本就不會有別的了吧？

隨著一名像小動物的鬈髮女孩身影躍現腦海，一刻不禁打個顫，莫名有種不祥的預感。

彷彿那個姓蔚名可可的天兵丫頭，會帶一串麻煩找上門。

根據一刻以往的經驗來看，男人的直覺通常都是該死地準！

第九章

「哈……哈……哈啾！」

一個被拖得長長的噴嚏終於成功打了出來。

一名雙眼靈動，令人聯想到小動物的鬈髮女孩揉揉鼻子，不知道自己怎麼突然就打了一個大噴嚏，還是以不太淑女的音量打出。

這時，從旁遞來了一張面紙。

「可可，用……」

面紙的主人是個類型截然不同的女孩。皮膚是病弱的蒼白，五官精緻如人偶，氣質文靜又帶著一股空靈感，看起來就像因身子骨不好，幾乎足不出戶的富家千金。

假使此刻是在鬧區，一定會立刻引來眾多驚艷的目光，興許還會有男性按捺不住地上前搭訕。

只不過眼下兩名女孩所在之處，卻是一條人煙稀少的小巷，一路走來倒也沒遇上什麼人。

「謝謝妳了，小語。」蔚可可擤擤鼻子，頓時感覺舒服許多。她張望下四周，狐疑地撓撓臉頰，「奇怪了，應該可以從這邊抄捷徑到利英去的……怎麼看起來又怪怪的……該不會……」

越想，蔚可可越覺得她和秋冬語很可能遇上一個她不想承認的境況。

「呃……小語，我猜我或許不小心走錯路了……」蔚可可尷尬地傻笑，卻也不會逞強把事情藏著，不說出來。

「沒關係。」秋冬語搖搖頭，看看頭頂上愈漸熾烈的陽光，再看看鼻尖和額角隱冒出汗珠的蔚可可，不假思索地就將自己隨身帶習慣的蕾絲洋傘撐開，遮擋在兩人上方。

「老大說過……地球是圓的。」輕飄飄的嗓音繼續說，「只要往前走，就一定能到目的地……要是有障礙物，就打碎，穿過去即可……」

「欸？等等等等，不能眞的什麼都打碎啦！」蔚可可連忙拉著秋冬語的手，認眞地重新教育道：「能打碎的只有瘴異跟……沒錯，是變態！」

倘若蔚商白在場，或許他會用憐憫的眼神望著自己妹妹，平平淡淡地說：書都讀到哪裡去了？要是眞有變態，往下面死裡踹，然後扔警察局就行了。

「好，明白……」秋冬語也愼重點頭，「接下來，繼續走？」

「嗯，就往前走吧。」蔚可可拉著秋冬語的手，再度湧起了信心，「想當初人家也在潭雅市住過一陣子，我可是聰明的美少女，怎麼會被這種路難倒？反正就像老大說的，地球是圓的，我就不信我們走不到利英高中！」

「可可……加油。」秋冬語做出了一個握拳的手勢。雖說那張白瓷般的臉蛋沒有表情，但依然能充分感受到她的認眞打氣。

蔚可可露出大大的笑容，自信滿滿地大步往前走。

蔚可可和秋冬語正如范相思所說，此時人在潭雅市的某一處。

她們兩人原本是要到利英高中去的。

蔚可可興致勃勃地想帶自己在大學結交到的好朋友，前往她曾經當過短期交換學生的利英高中參觀；參觀完後還可以偷偷突襲一刻家。

只可惜，計畫往往會出現變化。

打算抄捷徑到利英高中的蔚可可，卻因爲自己不牢靠的記憶力，導致與秋冬語共同陷入迷路的狀況中。

蔚可可向來是振作得極快的個性，加上與生俱來的樂天，迷路並沒有打擊她太久，她堅信一定有辦法找到正確的路。

隨著她們從小巷走到寬敞不少的另一條道路上後，那份堅信更是迅速膨脹不少。

「這邊的路看起來很熟悉，我一定曾經來過。」蔚可可注意到映入眼中的景象有著一絲似曾相識感，不禁雙眼發亮，可愛的臉龐染上飛揚的神采。

很快地，兩名女孩經過一處外圈被鐵絲圍住的荒廢空地，裡頭的雜草長得幾乎比人還要高。接著，她們離開沒多久，又瞧見了一座看起來廢棄許久的建築物。

建築物外有著相當廣大的庭院，院子裡一片荒煙蔓草。然而最引人注意的，是幾項老舊不堪的遊樂器材。

溜滑梯、鞦韆、顏色斑剝的恐龍擺設……還有被廢水侵佔的凹坑，也許原本是個沙坑。

除此之外，院子外用鏽蝕的矮欄杆圍著。欄杆上還歪斜地掛著幾個圓形的大型木板，上面寫著的字早就掉色了大半，隱約還看得出來的，大概就是「幼稚園」三個字。

很顯然，這是一座不知道荒廢多少年的幼稚園。

「咦？」仔細看清面前的景色，蔚可可不禁愣了愣，腳步也停下，遲遲沒有再邁出新的步伐。

「可可……怎麼了？」秋冬語自然也停步，「有不對？」

「不是……」蔚可可像是終於拉回神智，連忙擺擺手，「啊，不是、不是，沒什麼不對，只是我沒想到會走到這裡來。我認出這是哪裡了，接下來要怎麼到利英也想起來了，不過眞的是沒想到啊……」

蔚可可向後退了一步，感慨說道：「這是宮一刻和小染、阿冉他們小時候讀的幼稚園呢。我在這裡上高中的時候來過附近一次，想不到現在還在呀。」

「幼稚園……小柯最喜歡的天堂，對不對？」秋冬語仔細打量院裡的環境，驀地目光落至某處，「可可，那樹是……」

「樹？」蔚可可下意識地跟著轉動視線，接著驚呼了一聲，「唔啊，那樹長得眞……眞……」

蔚可可一時找不到適當的形容詞，但在她看來，種植在建築物角落的那棵樹木，怎樣都很難稱得上賞心悅目。

它的樹枝分岔得很廣，中間有好幾節突起，末端呈現尖利。在建築物陰影籠罩下，猛一看，就像乾枯的手指要往旁邊撕抓著什麼。

樹枝和樹幹都是極深的褐色，趨近於黑。

蔚可可不知道是陰影造成，或是心理因素影響，總覺得那種顏色讓她不由自主地想到血液凝固許久後……

呸呸呸！絕對是昨晚鬼片看太多的關係！蔚可可忙不迭地揮開腦中浮出的各種驚悚畫面，定睛再審視一番。

這次看著的時候就像一棵尋常的樹了……好吧，外形還是不太尋常。

接著，蔚可可眼尖地注意到，有些樹枝上還垂吊著小小的深色果實，突出地面的樹根附近，則散落著幾瓣裂開來、像是果殼的東西。

蔚可可完全認不出這究竟是什麼樹。

「小語，妳知道那樹叫什麼名字嗎？」

「不知。是很……重要的？」

「咦？沒有啦，就只是忽然好奇……啊，不對！我們得動作快點，這裡離利英有一段路，而且參觀完學校，我們還要去突襲宮一刻，嚇他一跳呢！」

猛然想到接下來的行程，蔚可可頓時將好奇心全數收回，趕緊拉著秋冬語再往前走。

不過蔚可可就算在趕路，嘴巴還是無法閒著。

她是喜歡聊天的活潑個性，但平常如果和蔚商白一起行動，往往說不上幾句話，就會招來一記嚴厲的警告視線。

視線裡的意思標明得清清楚楚，就是：話太多了，閉嘴，不知道「安靜」兩字怎麼寫嗎？

要不是自家兄長的威嚴眞的太讓人覺得恐怖，蔚可可有時還眞想嘀嘀咕咕地說她不會。可是現在，在蔚可可身邊的是秋冬語。

那名給人病美人印象的長髮女孩，對待蔚可可如同有用不盡的耐心。不但不會打斷她的話，罕有表情的臉龐上，時不時還會閃現溫柔般的情緒。

「總之就是啊，我們要好好嚇宮一刻一跳！」蔚可可握緊拳頭，可愛的臉蛋像在發光，「去符家都沒有揪一下，太過分了！」

「了解，好好地……嚇一跳。」秋冬語也模仿著蔚可可的動作。

——此時，人在自家中的白髮男孩無端打了個大噴嚏，還感到背後涼意莫名爬上……

「要是小染他們在，就可以一起突襲了，可惜他們家有事……對了，小語，我跟妳說過我之前爲什麼會來這附近嗎？」

秋冬語用搖頭表示回答。

「唔嗯……其實是潭雅市以前有個叫引路人的都市傳說，但沒想到引路人成爲眞的，還將宮一刻綁走，我們大家就是爲了找宮一刻，才跑到……」

蔚可可的最末幾字驀地消失，她緊握著秋冬語的手，背脊微僵。

有什麼不對勁。

她們現在待的這個地方，不對勁。

「可可，小心。」秋冬語也稍稍使勁地攢住蔚可可的手，那張素來面無表情的臉，瞬間像是覆了層面具。

將打開的蕾絲洋傘闔起，秋冬語握著傘柄，垂下的傘尖若有似無地釋放出冷冽之氣。

就在她們不知不覺間，本該黝黑的柏油路面，變得愈發深闃。就像有誰在上面抹了一層厚厚的顏料，隔絕一切光線的照射，在長長的道路上硬生生劃分出一塊詭譎的領域。

在秋冬語和蔚可可前後十多公尺外，路面看起來正常如昔，可是一跨過界限，兩名女孩的所在之處宛若深淵。

面對這毫無預警的異狀，蔚可可拚命告訴自己要冷靜。

「沒錯，冷靜點，蔚可可。」鬈髮女孩自言自語地為自己打氣，「想想更可怕的東西……對，沒什麼比暴君老哥更可怕的！」

心理建設瞬間做足，蔚可可迅速從隨身包包裡拿出小瓶礦泉水。隨著右手中指至手背的淺綠花紋乍現，瓶裡的水也往上空一灑。

霎時，應該遵照地心引力原理墜下的水珠，竟是筆直飛沖，銜接成一個圓。

環形水流倏然漲大，將整條道路周遭區域都涵蓋在內。

被圈圍住的景物皆產生一瞬間的疊影，復而隱沒，彷彿什麼都不曾發生過。

可是蔚可可心裡明白，屬於神使的結界已經完成，凡是結界內發生的破壞，都不會反映到現實上。

見自己這方做好準備，蔚可可深吸一口氣，「如果敵不動……就我們動！小語，走！」

沒有任何遲疑，兩名女孩鎖定方向後便往前直奔。

說時遲、那時快，在這處異空間的某一點，冷不防平空閃爍出妖異的紫光。

不對，不是單純的紫色光團，赫然是一隻散發紫光的蝴蝶。

巴掌大的蝴蝶像是遵循著一條無形的軌跡冉冉飛舞，它的飛行速度不快，卻擁有奇異的魔力，讓人不由自主地盯著它不放。

蔚可可的目光確實移不開，卻不是被那股魔力攫住的關係。

她看著紫蝶在途中一化爲二，二化爲四，再從四分散爲八……她屏住呼吸，眼前的一幕如此似曾相識。

多年前，在她尚在利英高中當交換學生的時候，她就曾經……

「回答我，應允我。」

空洞幽泛的少年嗓音猛然響起，像是貼在耳畔，又像自遠方傳來。

「什……」蔚可可一驚，飛快地轉頭張望。

下一秒，那雙彷如小鹿的眼眸愕然大睜。

虛空中，一截紫紅色無聲無息滑出，緊接著是一抹完整的人形闖入蔚可可和秋冬語的視野內。

蔚可可短促地倒抽一口冷氣。

「可可？」秋冬語平淡的語氣頓時揉進擔憂，她不敢鬆懈地注視著前方人影。

那是一名環繞著詭異氛圍的少年，髮色暗紫，臉部被半張素白面具覆住。面具上不見能視物的孔洞，唯有張牙舞爪的「引」字攀附在上頭。未被面具遮覆的下巴線條帶著青稚，便是從此處推斷出他的外表年紀。

少年一身紫紅衣飾，腳上未著鞋履，僅有一足散亂地纏著暗紅布條。

在少年身上，所有顏色都像暗了一層光澤，隱隱透出不祥。

少年舉高一隻蒼白手臂，同樣蒼白的手指提著一盞長柄燈籠，燈籠裡躍動的火焰猶如和紫蝶上的熒光互相輝映。

紫蝶繞著少年飛舞，有幾隻停在他的肩上、指上。

「好、好像……但又不是……」蔚可可聲音發乾地說著，難以掩飾自己的動搖和不敢置信。旋即她的手上驟現碧綠長弓，一支碧色箭矢也一併成形。

蔚可可捏住箭羽，二話不說地搭弓拉弦，鋒利的箭尖瞄準紫衣少年。

「你是什麼人？你和引路人是什麼關係！」

「引路人？」秋冬語注意到蔚可可在說出這三個字時，聲音顯得緊張，「潭雅的……都市傳說？」

「沒錯。我知道的引路人是一襲紅衣，臉覆面具的女子，身邊有紅蝶環繞。」蔚可可急促地說，手心裡控制不住地生著汗。

「不管怎樣，都和眼前這個人長得不一樣……可是，小語，他和引路人戴著的是相同的面具，上面都有個『引』字……這太奇怪了，這太奇怪了……你到底是什麼人？有什麼目的？」

面對女孩繃緊的質問，少年偏了下頭，形狀姣好的嘴唇張闔，空洞的聲音又現。

「回答我，應允我，我將替妳提燈引路。」

少年的身形轉瞬消逝，原地徒留妖異紫蝶。

「此地者稱我爲引路人，我提燈引路，帶人去該去之處。」

少年身影又現，卻是猛然逼近蔚可可和秋冬語眼前。他的動作太過讓人措手不及，加上距離大幅度縮短，蔚可可的弓箭失去了攻擊的先機。

「所以，回答我，應允我，然後讓我看爾等夠不夠格。」

少年未提燈的手臂迅雷不及掩耳地探出，眼看五指就要覆上蔚可可的臉。

不過，那五根白色手指眨眼又飛速退回。

因爲假使退得不夠快，鋒利如刃的蕾絲洋傘就會將它們一舉整齊切下。

秋冬語的洋傘就像一把兵器，在她手中靈活舞動，將紫衣少年毫不客氣地逼退數大步。

「無論是何人何物，老大說過……對待無故出手攻擊者，不須留情。」平板直述的嗓音才剛落下，秋冬語就已抓緊第一時間飛身衝出。

和病弱的外表相反，她的速度快若閃電，洋傘直追紫衣少年不放。

秋冬語面無表情，可是熟知她的人就能看出，那雙深幽似潭水的眸子底處，有著小簇但堅定的火焰。

秋冬語發現蔚可可在緊張、在焦急，對少年的存在不知所措。

不能……不能讓可可害怕，會傷害重要朋友的因素……

「要，排除……」和輕飄飄的語氣迥異，秋冬語的攻擊愈發凌厲。

一邊抓出適當距離的蔚可可，也精準地鎖定紫衣少年的身影，碧綠色的光箭即刻放出。

可是萬萬沒想到，就在下一剎那，身手敏捷的秋冬語霍地動作一滯，接著膝蓋往下跌，簡直像是突然斷電的自動人偶，眼看身子就要砸墜在路面上。

「小語！」目睹此景的蔚可可大駭。

她的速度不夠快，來不及趕到秋冬語身旁，攙扶住那具像是失去所有力氣的纖弱身子。

當蔚可可見到紫衣少年逼近秋冬語，她的腦海一片空白，想也不想地對準少年射出箭。

碧綠的光箭像流星竄出。

蔚可可同時也快步疾奔。她看見那名同樣擁有「引路人」之名的少年避開光箭，她立刻再搭弓拉弦，光箭甫一成形，就是鬆指，箭射。

這次的光箭是衝上高空。

反常的行爲頓時引得引路人反射性仰頭。

蔚可可趁機把握機會，快速縮短自己與引路人之間的距離。

衝上高空的箭矢倏地一分爲三，然後往下急墜。

引路人察覺到三道光束依舊瞄準著自己，立即要再退。

但同一時間，蔚可可已一個箭步躍起，像是助跑似地斜踏上林立旁側的牆面，再借力蹬跳出去。

她攔在引路人後方，身子一扭，緊抓在手中的長弓衝著引路人快狠準地猛力揙打下去。弓身一觸及引路人，那抹紫紅身影霎時崩散成大股煙氣，隨後就像連煙氣也維持不住，消失在半空中。

蔚可可踩上地面，急促地喘著氣，手中的長弓彷彿散發出熱度，讓她險些握不住。

蔚可可張望左右，四下不再見及引路人的存在。她心裡掠過茫然，無法確定自己眞的將對方消滅、逼退……或是對方只是一時隱藏起來？

可是很快地，蔚可可就先將這些拋到腦後，倒在路面上的人影令她無法再思考其他事情。

「小語……小語！」蔚可可讓長弓化作光點，回到自己右手背上的神紋裡，心急如焚地奔向秋冬語。

後者一動也不動，就像安靜的人偶。

「小語！」蔚可可臉色蒼白，看起來她才像是要昏倒的那一個。她手忙腳亂地扶起秋冬語，頓見那張白瓷般的臉蛋上雙眸緊閉，好似全然失去了意識。

蔚可可從來不曾碰過這種狀況，她焦灼地推晃著秋冬語，尾音忍不住流洩一絲顫抖。

「小語，妳怎麼了？妳別嚇我啊！」

宛如聽見蔚可可像要哭泣的聲音，秋冬語的眼簾驀地出現顫動，然後竟逐漸掀開來。

「小語！」蔚可可又驚又喜，連忙想幫忙扶起秋冬語。

心思全放在自己朋友身上的鬈髮女孩絲毫沒有注意到，就在不遠處，暗紫色的煙氣又再度出現。

煙氣一下子便凝聚出無數妖異紫蝶，它們拍振著雙翅，灑下點點熒光。

說時遲、那時快，所有紫蝶猝然朝著蔚可可和秋冬語飛也似地撲去。

「可可，小心！」

電光石火間，秋冬語像是爆發出最後一絲氣力。她抓住自己的蕾絲洋傘，在蔚可可下意識扭頭之際，在紫蝶鋪天蓋地要淹沒她們視野之際，淡紫色的傘面如大花盛綻，將兩名女孩的身影遮擋住。

紫蝶衝撞上傘面，密集的聲響連綿一片，簡直讓人震耳欲聾。

然後，忽然間一切都靜止了。

拍翅聲消失，佔據柏油路面的詭異黑暗消失。

握著傘柄的纖白手臂無預警垂下，蕾絲洋傘滾落在地。

蔚可可心裡一緊，當她一回頭，頓見秋冬語本來睜開的幽靜眸子赫然又閉上了。

「小語？小語！」

但是這回任憑蔚可可怎麼叫喊，秋冬語都沒有再張開眼睛，她的意識宛如沉到深不可觸及之處。

蔚可可眼眶乍紅，巨大的慌亂湧上。

「要找人……找誰……」蔚可可大力掐了自己一把，強迫自己先從慌成一團的思緒裡找到一絲理智，於是一個人名馬上躍了出來。

「老大！老大是小語的監護人，他一定知道是怎麼回事……」蔚可可一手撐扶著秋冬語，一手火速翻找出手機，只不過聯絡人上卻沒有胡十炎的名字。

蔚可可手指發顫，但她立刻又看見了另一個名字——安萬里。

「拜託快接……拜託要有人接……萬里學長！」

乍一聽見手機另一端傳出溫和的男聲，蔚可可壓抑不住，激動地大叫起來。

「學長，小語突然沒了意識……嗯，對，就像斷電一樣，突然就……咦？」

蔚可可忽地愣住，她眨眨眼，看看秋冬語，再看看自己手上的手機。

呆愣數秒之後，蔚可可重新將手機貼上耳朵，只是臉上的表情從驚惶變成了茫然。

似乎知道蔚可可受到震驚，在手機另一端的安萬里充滿耐心地又說了一次：

「小語沒什麼大礙，這是她沒吃飽、體力不支時會出現的一個現象。大概可以想像成機器人沒電，沒辦法再活動……總之，只要讓小語補充食物就可以了。」

「只要……補充食物？」蔚可可無意識地重複。

「對，讓她吃飽就好，她今早在公會吃得有點少。」安萬里語帶笑意的好聽嗓音傳出手機，「就麻煩妳了，可可學妹。我建議妳先帶小語到小白家休息，維安也在那邊，他很有經驗了。」

蔚可可不確定安萬里結束通話多久了，只知道當自己回神後，手機裡只剩下盲音。

「小語……是沒吃飽？小安……在宮一刻家？」蔚可可迷茫地咀嚼這一段話，當理解了話語中代表的眞正意思後，她眼中那份茫然頓時消散，取而代之的是強烈的安心感包裹住全身。

蔚可可驟然放鬆緊繃的身子。

「天啊，天啊……眞的太好了……」

既然知道問題出在何處，蔚可可急忙先解除環繞在這區域的神使結界，再將秋冬語的一隻手臂掛在自己肩頭，使勁地將對方撐扶起來。

蔚可可正思考著要往哪邊走才最容易叫得到計程車接送時，倏然間，一道喇叭聲自身後響起。

蔚可可嚇了一跳，反射性一扭頭，隨後那雙本來就圓滾滾的大眼睛張得更圓、更大了。

一輛休旅車不知何時駛近，就停在蔚可可和秋冬語後方。

有人從駕駛座的車窗內探出頭。

「可可？」

第十章

一刻正湊在柯維安身旁，看著他手指靈活飛舞，將之前范相思找到的引路人傳聞，再加上柯維安自己後來找的，有條不紊地整理成更簡潔易懂的條列式重點。

與此同時，一刻也迅速把那些資料都盡力記在心底。

一、新出現的引路人是名少年。

二、引路人的目標可能是能化成人形的妖怪。

三、至今遇上引路人的人類（曾把經歷貼上網的那些人），沒有任何人受到傷害，清一色都被引路人認定不夠（條件、資格或是其他什麼的）。

四、新引路人和舊引路人有部分特徵重疊，可是暫無法判斷出兩者是否有關聯。

五……

「宮一刻。」范相思不知道從哪邊晃出來，手上還拎著新拿出來的飲料，悠閒自得的態度，儼然是把這地方毫無壓力地當成自己家了。

一刻聞聲抬起頭，瞧見范相思的臂彎裡還抱著自櫃裡翻出來的零食，他無言了，幾乎要分不出到底誰才是這個家的主人了。

「什麼事？」一刻沒問范相思是怎麼找到那些零食的，反正自家堂姊發過話，要他們用不著客氣。

「你們的冰箱裡沒酒耶。」范相思語帶惋惜地說，「這種天氣來罐冰涼的啤酒，可是超爽快的唷。」

「我家沒有那種東西，沒有就是沒有，也不准帶進來，不然老子踢妳出去。」一刻嚴厲警告，眼神看起來像凶神惡煞，代表他這話可不是開玩笑。

「放心，本姑娘很懂得做客禮儀的。」范相思瞇著眼睛笑。

這下子，就連柯維安也從筆電螢幕後方抬起頭，驚愕的表情如同在說——妳在說笑話嗎？

「聽妳放屁。」一刻就直接得很，簡單粗暴的四個字隨即甩了過去，接著他挑高眉，「妳不是要問這個吧？」

「對，我要問的是別的。」范相思愉快地點點頭，「我想參觀樓上房間，順便觀察風水。這裡能聚到牛郎、織女、喜鵲，加上一個半神，還有N名神使，肯定是個風水寶地。我研究看看，說不定能對我的招財運有點幫助。」

「幫妳老木啊……簡直是鬼扯蛋。」一刻沒好氣地啐道，大手一揮，「別帶食物進房裡就可以，免得掉屑長螞蟻。」

「嘖嘖，眞是賢慧啊，宮一刻。」范相思彎起調侃的笑容，依言沒將手中的零食飲料帶上二樓。

一刻剛轉頭，就見到柯維安在竊笑。

「笑得那麼三八是怎樣？」一刻嫌惡地皺眉。

「怎麼會三八？」柯維安馬上不平地抗議著，「小白，人家明明是正直、天眞、無邪……」

「以上那些你都沒有，別作夢了。」一刻斬釘截鐵地說。

柯維安搗胸，感覺自己的膝蓋中了一箭。

「行了，別廢話，繼續幹正事吧。然後我們要擬定一個計畫，想辦法讓那個……引路人出現。」一刻在說出「引路人」三個字時，仍感到有些彆扭，覺得就像是把自己知道的名字，硬套在另一個他不知道的人身上。

一刻坐回沙發上，準備再盯著螢幕。但他隱約又感到自己忘了什麼，可是越急著想，反倒越想不起來。

一刻耙耙頭髮，暫時放棄思索，直到柯維安天外飛來一句。

「小白，你就不怕范相思趁機把你房間沒整理的樣子拍下來，當作兜售把柄嗎？相信我，她眞的會幹這種事，太邪惡了有沒有？」

「我的房間向來乾淨得很，別把我拿來跟你和曲九江……！」一刻的句子突地中斷，他的腦中閃過「清潔」、「凌亂」等幾個關鍵字。

下一秒，一刻霍然站起。

「小、小白？」柯維安一驚。

「房間……馬的！我忘記叫范相思不准動莉奈姊的房間了！」一刻咒罵一聲，連忙想上樓確認狀況。

宮莉奈，他的堂姊，外表是名傻氣的美女，但同時也是個弄髒環境的天才！

一刻想起今早沒去宮莉奈的房裡看過，壓根不知道裡頭的「災情」到底如何。

彷彿就像印證一刻內心的不安，就在這瞬間，一聲驚叫和高亢的門鈴聲不約而同在屋內大響。

「哇！」柯維安也被嚇得心跳亂了好幾拍。

范相思的驚叫一下子就像被掩埋住，而門鈴聲還在作響。

一刻當機立斷，「柯維安，去救范相思！她估計是在莉奈姊房裡遇上衣服山或什麼崩塌了，把人救出來就好，房裡所有東西都不要碰！我去開門，看這時候到底是誰來？」

接到指示的柯維安趕緊放下筆電，一溜煙地竄到樓上去。

他不會承認自己多少存了點幸災樂禍的心思，那可是那個范相思耶！

這一端的一刻則是快步前去開門。他想不通這個時間點還會有誰過來，難不成……真的是蔚可可她們？

一刻憶及范相思提過兩名女孩子也在潭雅市，依照蔚可可的性格，出其不意地殺到他家來，這完全是非常有可能發生的事。

做了也許會看見蔚可可和秋冬語的心理準備，一刻長臂一伸，快速旋開門把、打開大門。

首先映入眼簾的不是蔚可可，也不是秋冬語，而是一名留著短髮的幹練女子。

女子露出開朗的笑，就像是姊姊對待弟弟似地拍拍一刻的肩膀。

「嗨，小一刻，好久不見了呢！」

「曼……曼芳姊！」一刻吃驚地喊出來人的名字。他怎樣也沒想到，來的人居然是林曼芳，宮莉奈的高中同學，同時也是補習班合夥人。

對於這名能和宮莉奈維持深厚友情的女性，一刻向來非常尊敬。

「曼芳姊，妳怎麼會忽然……妳是來找莉奈姊的嗎？可是她……」

「她跟小江出門玩了，我知道，我是送人過來的。」林曼芳往旁一退。她的車就停在屋外，此刻那輛銀灰色休旅車「唰」地一聲自內拉開車門，露出一刻再熟悉不過的身影。

「蔚可可？」一刻這回的驚訝反而少了，畢竟已先做過心理準備，「等等，只有妳嗎？妳不是和秋冬語……」

「宮一刻，趕快過來幫幫我！小語她……血糖不足昏倒了！」蔚可可用力向一刻招手，暗中還朝他使眼色。

一刻愣住，這才瞧見後座位子上，秋冬語纖弱的身子正一動也不動地倚著另一邊車門。

昏倒？秋冬語？

一刻困惑極了，他知道的秋冬語雖然看起來就是一名病美人，可也只是「看起來」像。真正的她，擁有著不遜於神使的敏捷身手，來去時悄無聲息。

爲何這樣的秋冬語會……

「我在路上看見可可和她的朋友。」林曼芳說道，「我剛好經過，沒想到會遇上她們。

可可的朋友好像是沒吃早餐，加上身體不太好，才會突然暈倒吧？」

……不，曼芳姊。妳口中「身體不好」的女孩子，一餐下來可是可以吃掉四個飯糰、兩碗拉麵，再加上數顆橘子的。恐怕在她的字典裡，不會出現「不吃早餐」這一條。

「可愛的學生須要幫助，身爲教師當然義不容辭。不過……」說到這裡，林曼芳的眉頭忍不住蹙了起來，「我本來是要送她們到醫院，但是可可說不用。」

「眞的不用啊，曼芳主任！」蔚可可忙不迭地叫道，下意識還是沿用了高中時在補習班的稱呼，「這是小語的……對，老毛病就是了！只要休息一下，再讓她吃點東西就沒事了。小語是宮一刻系上的同學，他也知道的，不信妳可以問他。」

操！這又關他什麼事？一刻一愣，緊接著腦海中忽然有個畫面閃過。

秋冬語暈倒……慢著，他記起來了，上學期也發生過同樣的事。就在楊家，就在他們第一次對上瘴異的那次事件裡。

只要想起開端，後續的情況也跟著一併被拉出來。

一刻想起當時秋冬語也像是驟然被切斷動力，說倒就倒，事先毫無預兆可言。然後柯維安出聲，解釋秋冬語只是吃的食物太少，才會造成能量不夠。

頓時，一刻懂了蔚可可朝自己使的眼色有什麼含意。

「啊，就跟蔚可可說得差不多……曼芳姊，不用擔心我同學，她晚點就會醒過來的。」

一刻含糊地附和著蔚可可的說辭。他示意蔚可可先下車，自己再攬下了攙扶秋冬語的責任。

林曼芳也算是看著一刻長大，知道他不會隨便做保證，於是安心不少。

「小一刻都這麼說，就是沒有問題了。那我先走了，下次有空再來找你和莉奈。」

「曼芳姊，妳不進來坐一下嗎？」

「免了免了，我就不打擾你們年輕人了。加油啦，小一刻！」

扔下爽朗又挾帶著一絲意味深長的笑容，林曼芳坐回駕駛座，對一刻他們揮揮手，很快就將車子駛離，留下一刻站在原地，只覺得滿頭黑線。

到底是要他加哪門子的油啦，曼芳姊……

「總之，先進去吧。」一刻朝蔚可可抬抬下巴，要她順便幫忙把大門關上。

秋冬語張開眼睛的時候，她的眸子毫無焦距，空茫得像是無機質的玻璃珠。

然後，是一聲驚喜加交的「小語」，打碎了那份空茫。

霎時，眾多畫面在秋冬語腦海裡飛快交錯呈現，最末定格在鋪天蓋地的妖異紫蝶上。

那些蝴蝶要攻擊她的朋友……那些蝴蝶要攻擊可可！

「可可！」所有意識全數回歸，秋冬語猛地撐坐起，一手同時往旁探抓，想要抓住自己的蕾絲洋傘，然而手指卻撲了空。

緊接著，是另一雙溫暖的手一把握住秋冬語。

「太好了，小語！妳真的醒過來了！」令人想到小動物的鬈髮女孩又是激動，又是欣喜地嚷著。

「可可，安全……沒有受傷？」秋冬語眨了下眼睛，原先不自覺外洩的情緒又消失，唯有眸裡還閃著光。

「沒事，我整個人都很好，還是活跳跳的美少女！」對於秋冬語第一句話就是問起自己，蔚可可的激動變成了感動。她咧出大大的笑容，拍著胸口，強調自己真的安然無事。

只不過她的後腦在下一瞬就被人不客氣地拍了一記。

「不是活跳跳還得了？用那什麼亂七八糟的形容……」一刻沒好氣地瞪了蔚可可一眼，「而且『美少女』三個字根本可以免去吧？」

「欸？但人家本來就是美少女啊！」蔚可可睜大眼，不滿地抗議道，肥幫子還跟著鼓了起來，「太過分了啦，宮一刻，你這種碎碎唸簡直跟我老哥一樣。老哥是惡魔、是暴君，你不能學他。」

「妳就不怕說人人到？」一刻這句話純粹是嚇唬人用的。有過多次心靈陰影的蔚可可連忙用雙手摀上嘴巴，緊張地東張西望，就怕蔚商白真的會冷不防出現。

想當然耳，一刻家的客廳並沒有平空多出那道高個子身影。

「小語、小語，好歹也往我這裡看一下哪……雖然不是美少女，不過也是安靜的美少年唷。」有人在另一邊吸引注意力地揮著手。

秋冬語下意識循聲轉頭，頓時看見娃娃臉男孩笑咪咪地望著自己。

一刻掩著臉，已經放棄吐槽那個自稱「美少年」的傢伙。把柯維安和蔚可可放在一起，這兩人製造的吐槽點實在太多，往往讓人不知該如何去吐才好。

「小柯……下午好。」秋冬語平靜地點點頭。在確認過蔚可可安全無慮後，她才有其他心思觀察起自己所在之處。

是某個家的客廳，從窗戶外透進來的天色來看，應該還只是下午，未到傍晚時分……小柯和小白都在，也就是說……

「這裡是宮一刻的家，我和柯維安暫時在這裡借住幾天。」令人想到鈴鐺晃動的少女嗓音驀然進入秋冬語耳內。

秋冬語這才發現，樓梯處蹲坐著一抹短髮身影。

大大的貓兒眼、漸層式的橘色劉海，還有彷彿錯置季節的毛邊厚外套，都是對方的顯著特徵。

「范相思，妳也……下午好……」秋冬語的語氣還是波瀾不驚。她離開躺著的沙發，對公會的執行部部長低下頭。

「下午好。雖然發生了點事，但妳和可可還玩得愉快嗎？」范相思晃晃手，笑吟吟地問道：「我之前就看過哥哥，這算是第一次見到妹妹。哎呀，非常有活力的女孩，比蔚商白有趣多了，他太硬邦邦啦。」

看看在旁大力點頭、深有同感的蔚可可，秋冬語的嘴角彎出小小的笑花，毫不猶豫地說：「愉快。」

「老大聽見妳那麼說，一定會很開心的。一開心說不定就會爲公會大夥兒加薪，想想眞是激勵人心。現在，先讓我們把這放一邊去。」范相思拍拍雙手，自樓梯上站起。

「是可可認識的人碰巧路過，把妳們帶過來的。可可向我們大致說過發生什麼事了，但首要之急，就是妳得先吃飽，否則待會就會再斷電了。所以呢，宮一刻，上吧！」

「上哪去啊？」被點名的一刻翻翻白眼。

「當然是叫你負責準備食物囉。因爲你是這個家的主人，我只是客人。」

幹！這時候才知道要說自己是客人！一刻瞪了臉不紅、氣不喘的范相思一眼，但嘴上沒多說什麼，直接將柯維安拎進廚房搬零食，自己順便從冰箱裡翻找出食材，簡單快速地炒了幾樣菜。

很快地，客廳的長桌上就堆滿食物。

光看那分量，足以餵飽三、四名成年人。可是這些東西，全都是要給秋冬語的。

一刻知道秋冬語的食量很大，可是平常都看她啃飯糰，這回還算是第一次目睹對方正式用餐。

只見蒼白纖弱的女孩端起碗，拿起筷子，然後就是一番驚人的速度，過程堪比秋風掃落葉。

等一刻從震撼中回過神來，桌上的食物已經被掃得精光，連殘渣也沒有留下。

秋冬語放下碗筷，雙手合十，聲音還是輕飄飄的，「吃飽了……多謝，款待。」

「啊，不用謝……」一刻吶吶地說，視線看看桌面，再看看依然柔弱得像風一吹就倒的秋冬語，完全想像不出那些東西她究竟是吃到哪去了。

……她體內有黑洞不成嗎？

蔚可可的神情就顯得平常許多，不若一刻那麼震驚。或許是之前常和秋冬語在一起，見識過多次的緣故。

「小白，習慣就好。」柯維安用著「我能理解」的語氣，拍拍一刻的肩膀，「想當初我第一次見到這畫面的時候啊……對了，我可以申請再來一桌甜心你炒的菜嗎？我也想嚐嚐甜心的手藝！」

「藝你老木！」一刻惡狠狠地撥開那隻手，「幫忙把碗盤收拾乾淨，住我這就給我做點事。」

「沒問題的啦，甜心。身爲盡職的同居人，交給我來就對了！」柯維安神采飛揚地說，「同居人」三個字喊得特別深情。

一刻正想不客氣地踢上柯維安的屁股，突見蔚可可露出震驚的表情。

「同……同居？天啊！我現在才發現，宮一刻你這是和小安、相思的三人行同居！」

「居三小啦！這樣如果叫同居，那我跟蘇染、蘇冉不是早同居八百次了？難不成妳和妳哥就沒睡過我家？」

「咦？對喔……」蔚可可恍然大悟地睜圓眼。

一刻實在不太想去搭理那名丫頭的奇葩腦迴路，她的神經果然有哪裡接錯線。

從柯維安和范相思那裡，一刻大致明白，假使秋冬語的食物攝取量不夠，她就會毫無預警地失去意識，直挺挺地倒下。大約一個多小時就會再恢復清醒，那時候就要趕緊補充食物，要不然很快又會再昏過去。

至今爲止，一刻依舊不知道秋冬語是怎樣的存在。唯一能肯定的，就是並非人類。人類的手臂上不會出現鮮紅結晶。

雖然這是上學期發生的事，但一刻仍記憶猶新。

爲了保護蔚可可，秋冬語徒手接下瘴異的攻擊。就在那一剎那，她的掌心生成片片鮮紅結晶，不但阻止銳物入侵，還使之碎裂……

要說不好奇秋冬語的種族，那一定是假，不過也沒有到要追根究柢的地步。

對一刻來說，如果對方沒有吐露的意思，他也不打算主動詢問。

「是說，爲什麼秋冬語會把自己搞到暈倒？她不是時常帶飯糰在身上嗎？」廚房裡，一刻忽然生起這個疑惑。

「欸欸？對耶。」柯維安接過一刻洗淨的盤子，娃娃臉染上訝異地回望。

對視了數秒，兩人一致決定這問題還是交由當事人回答吧。

兩名負責收拾善後的男性回到客廳時，范相思正問著蔚可可和秋冬語關於引路人的細節。

當「引路人」三個字飄進耳內，一刻眼神沉了沉，臉部線條也不自覺地收緊。

引路人。

一刻怎樣都沒想到，正當他們還在尋找引路人的傳聞，在潭雅市他處的蔚可可及秋冬語，會眞的碰上那則新出現的都市傳說。

當時一把昏過去的秋冬語安置好，蔚可可便結結巴巴地說出她們遇上的事，一張可愛的臉蛋也跟著染上幾抹驚惶之色。

紫衣紫髮的少年、寫有「引」字的白色面具，以及……

「回答我，應允我，我將替妳提燈引路。」

「此地者稱我爲引路人，我提燈引路，帶人去該去之處。」

「所以，回答我，應允我，然後讓我看爾等夠不夠格。」

一直以來，出現在人類眼前旋即又消失的引路人，這次卻是主動對蔚可可她們展開了攻擊……爲什麼？

不若一刻心裡糾結謎團，柯維安一坐回沙發，馬上好奇地問出在廚房裡生出的疑問。

「小語，妳爲什麼會暈倒？早餐吃太少嗎？吃太少的話，在路上也可以買。」

「我們路上會買東西吃……啊，可是小語吃得比較少。我還以爲是天氣太熱，食慾也變不好。」蔚可可不禁懊惱自己的疏忽，「要是我當時叫小語多吃一點的話……」

「否定……不是可可的錯。」秋冬語眉眼沉靜地說，「早餐有吃……路上吃得少，是因爲老大有給我看過一本書。喜歡的朋友，一起做喜歡的事，是約會……約會不能吃太多，要保持……形象。」

秋冬語頓了頓，似乎察覺到客廳裡不自然地安靜下來。

「不對……嗎？」秋冬語面無表情地歪下頭。

「我覺得吐槽的點好多，我放棄。」一刻按著額，將發言權轉移。

「那種重點大錯的書，眞該打包扔掉。我到時幫老大扔吧，清理費酌收一下就好。」范相思嘖嘖地搖頭。

柯維安的反應最直接，他用力地對秋冬語比出一個「X」的手勢，「不對、不對，完全不對！小語，妳只要順其自然就可以了。還有下次約會，記得約我和小白。」

「幹！你才是重點錯的那一個！」一刻不再忍耐，順從心意地朝柯維安後腦一掌巴下，「蔚可可，妳自己跟秋冬語說清楚。」

「沒錯呢。小語，千萬別勉強。我們來潭雅市就是要開心地玩、開心地吃。」蔚可可握著秋冬語的手，神情真摯，「就算我們錢包不夠，還可以先找宮一刻支援！」

「喂！」被點到名的一刻黑了臉。在見到秋冬語也認真點頭回應後，他表示自己什麼都不想說了，心好累。

只是就算一刻不想再吐槽，有件事，卻還是不得不說。

關於引路人。

「蔚可可，細節妳都告訴范相思了吧？」一刻說道：「那接下來我們處理就好，妳和秋冬語的行程還沒玩完吧？」

「等一下、等一下！宮一刻，你這是要把我們排除在外嗎？我反對！」蔚可可聞言瞪大了眼，氣乎乎地雙手拍上桌面。

「我和小語也可以幫忙，而且那個引路人……我也想弄清楚是怎麼回事？你不讓我們留下來的話，我就要告訴老哥，說你不肯讓朋友幫忙！」

「然後妳哥真的會殺過來，妳不是不想被他盯著嗎？」一刻提醒蔚可可，她用的可是傷敵八百、自損一千的不利己招式。

「嗚呃！」蔚可可這才意識到，俏臉瞬間僵硬了幾分。

假使她家老哥來到潭雅市，肯定能成爲一大戰力，但她的好日子也就沒了，身邊會多出一個牢頭不客氣地管教她。

蔚可可面露掙扎之色，手指不自覺地揪扯髮尾。

「……算了。」一刻嘆了一口氣。他可不想真的讓人在湖水鎭的蔚商白，還要舟車勞頓地跑來潭雅市，「妳們就一起來幫忙，反正妳們也親身碰上那個引路人了。」

「眞的？你說的喔！嘿嘿，有我和小語在，宮一刻，你可以放兩百個心的！」蔚可可眉開眼笑，得意地拍拍胸口。

「還有我，小白！有我們這幾個美少年、美少女幫你，絕對能輕輕鬆鬆解決事情的！」柯維安也挺起胸膛，氣勢高昂地握拳喊道。

一刻的回應是抓起桌上一包衛生紙，往那張娃娃臉糊上。

「那，少年。」一刻拒絕加個「美」字上去，他不想昧著良心說話，「說說你的計畫。」

「誘餌……」

這輕飄飄的聲音，當然不是出自臉被壓得變形的柯維安之口。

所有人的視線齊刷刷地轉向同一個方向。

「小語？」就連范相思也難掩訝異。

素來只是沉默執行任務的秋冬語，居然破天荒地主動參與討論。

「我……當誘餌。」秋冬語還是維持缺乏起伏的語調，然而她的提議卻無異在眾人間扔下一顆震撼彈。

「誘、誘餌？等一下，小語，這樣太危險了！」蔚可可想也不想地站了起來，「要誘餌的話，我也可以啊，而且經驗也滿多……呃，反正經驗總是要累積的。」

「靠夭啊，妳這又是什麼跟什麼……蔚可可，妳坐下。」一刻頭痛地揉著太陽穴，「秋冬語，誘餌可以由我和柯維安來當，妳不用……」

「但是，會出現……引路人。」秋冬語靜靜地說，「我當誘餌，出現的機率……大……」

原本欲開口的其他幾個人一怔。

柯維安心思轉得快，一下子就理解秋冬語爲什麼會這麼說。

秋冬語和蔚可可一起碰上引路人，引路人還出手攻擊。

照范相思之前的推測，引路人鎖定的目標或許是能化成人形的妖怪。

小可是神使，而小語……

「我不知我爲何物。」外貌有如瓷人偶的病弱女孩開口，深幽的眸子像是不起波紋的潭水，「我非人、非神，但卻可能是……妖。」

第十一章

最後一刻等人還是採取了秋冬語提出的計畫。

正如秋冬語所說，如果引路人眞將她視爲目標才出手攻擊，那麼由她來作爲誘餌，確實能最快誘使對方出現，毋須再花費時間四處搜索。

一旦計畫細節擬定，眾人馬上展開部署。

范相思爲總指揮，選擇的地點仍是蔚可可她們先前遇上引路人那處。

那裡人車稀少，一進入夜晚，更是荒寂得像被遺棄，行動起來也比較沒有顧忌。

縱使已經事先知道那裡是自己以前就讀的幼稚園附近，可是當一刻眞的抵達那裡，瞬間還是產生了恍惚感。

幼稚園被荒置了多年，經過風吹日曬，看起來更加破敗。雜草遍布整座庭院，建築物外牆也被不知名的麻密藤蔓佔領，有的還從破了大缺口的窗戶鑽爬進去。

幼年記憶中曾是色彩鮮艷的遊樂器材上，早就被鏽蝕和髒污大範圍侵佔。懸吊的鞦韆有時因晚風吹拂，摩擦出讓人心裡一顫的尖銳聲響。

那嘎吱的聲音被拖得長長的，像是瀕死之人的痛苦嘶咳……

倘若膽子小一點的人路過這裡，恐怕會立即嚇得拔腿就跑。

一刻目光逐一巡視過溜滑梯、鞦韆、沙坑，還有宛如幼稚園地標的恐龍立像。

那是一隻大約一層樓高的噴火龍，外表斑剝，不少地方還剝落了下來，凹凸不平。當年的傻氣可愛早已不復見，在夜間看來，只覺得格外陰森森。

尤其那眼睛像是瞪著人，彷彿隨時會活過來。

「這還眞是……完全可以拍鬼片的FU了……」

柯維安的喟嘆拉回一刻的思緒。

「小白、小白，你以前是在哪間教室上課？」

這麼久的事，一刻壓根不記得了，但他還是大致比了一個方向。

柯維安馬上興沖沖地跑到那裡，極力伸頭探望。

「你要看什麼？」一刻實在不認爲那片黑壓壓有什麼好看。

「小白，這你就不懂了，我是在想像你以前在教室裡上課的樣子啊！」柯維安興高采烈地說，手還往腰部位置比了一個高度，「小小的小白，和其他小天使坐在教室裡上課……光想都覺得超級萌，有沒有？」

「有你妹。」一刻拉開陰森度不輸此地的冷笑，「別想像了，我親自把你塞進教室裡怎麼樣？包準氣氛好到破錶。」

「呃，甜心……你確定不是驚悚度破錶嗎？」柯維安心驚膽跳地和一刻拉開距離，就怕下一秒自己眞的會飛出去，「拜託求你放過，求你手下留情。小白，你當眞忍心這樣對待可憐又無辜的我嗎？」

一刻沒有任何障礙地就想吐出「忍心」兩個字，可是目前並不是浪費時間的時機，他們還有正事要辦。

「收起你那腦洞開太大的想像力。」一刻拍了下柯維安的前額，「也不准再把我代入你的想像裡面，當心老子跟你收版權費。」

「不要這樣啊，小白……人家最近荷包瘦太多了，嚶嚶……」柯維安哭喪著臉，追著一刻過去。

一刻走近另一端的蔚可可她們，注意到蔚可可一臉糾結地盯著幼稚園某一點，身旁的秋冬語還很體貼地利用手機的ＬＥＤ燈光，充當手電筒照射。

「蔚可可，妳在看什麼？范相思人呢？剛剛不是在這裡？」

「相思她去周圍做最後檢查，免得有人被我們不小心圈進結界裡……宮一刻，你看一下這個，快來看！」蔚可可朝一刻大力招手，連聲催促。

「三小？」一刻大步靠近，順著秋冬語提供的手機光芒，頓時也看見蔚可可想讓他看的東西，眉頭立即皺了起來。

矗立在建築物陰影內的，是一棵外貌詭異的樹木。

樹皮深暗近黑，分岔的樹枝令人想到乾枯的手指，一部分樹枝上還垂吊著巴掌大的深色果實，突出地面的樹根附近也有著幾瓣果殼散落。

一刻從來不曾見過這樣滿是不祥氣息的樹。

「啥時有這東西的……」一刻也拿出自己的手機，開啓手電筒功能。

在兩束強光合力照射下，幼稚園外的幾人看得分外清楚。

那棵樹的顏色，簡直就像血液乾涸後的猩暗！

柯維安忍不住吞吞口水，說是他多疑也好，那棵樹怎麼看就是讓他感到不對勁。

「小白，那棵樹……好像有點不科學。」柯維安拉拉一刻的衣角，壓低聲音說。

「媽啦，我們全體就有比它科學嗎？」一刻給了枚白眼，「是說它給人的感覺的確怪怪的……到底是什麼時候長出這樹的？」

「宮一刻，你也不知道嗎？」似乎是受到氣氛影響，蔚可可也跟著以氣聲說，「我還以爲你知道耶。」

「見鬼了，爲毛我得知道？我又不是閒著沒事，每天都來這觀察生態。」一刻換給蔚可可一記白眼。

「反正以前沒有這玩意的存在。當初我們跟引路人對上的時候，我說女的那個，也沒見過有這棵樹，應該是之後自己長出來的。別再管它了，我們的目標是引路人……新的那個。」

一刻咂了咂舌，像是對自己必須加上「新、舊」來區分感到繞口。

「可是……」蔚可可依然欲言又止。

「有話就快說，妳是便祕不順嗎？」

「便……宮一刻，你居然對美少女說出『便祕』這兩個字！你的神經是有多大條啦！」

「沒妳大條。」一刻毫不猶豫地說。

論天兵、論脫線、論粗神經，他都絕對是對蔚可可甘拜下風的那個。

蔚可可被堵得一時語塞，可是也不至於沒有自知之明，因此只能惱怒地跺腳。

「小可、小可，妳的『可是』之後還有句子沒說完吧？」柯維安連忙把話接下去。

「啊，對！」蔚可可回過神地拍上額頭，「我是要說……可是，那棵樹的果實比我下午看到的大上一倍耶！」

剎那間，詭異的安靜降臨。

一刻立即將手機再往樹上一照，光線打在那些果實上。

「肯定。」秋冬語就像是要證明蔚可可所言無誤地出聲，「確實……大了一倍以上。」

「靠……」一刻感到自己的頭痛了起來。

一般樹木的果實會成長得如此迅速嗎？答案是，不會。

這明擺著那棵樹存有什麼古怪。

「小白，還是我們先轉移地點？」柯維安也苦著臉。畢竟在誘捕引路人時，如果那棵樹突然發生什麼異變，只怕會讓他們措手不及，「我去跟范相思……」

「跟我怎樣？要送上你的提款卡給我嗎？」

笑吟吟的嗓音冷不防冒出，同時一隻手還搭上柯維安的肩膀。

毫無防備的柯維安登時被嚇得尖叫一聲。

「范、范相思！妳是想嚇死人嗎？」柯維安驚魂未定地撫著心口，差點以爲自己眞的撞鬼了。

「哎，那世上就少一個變態了。」范相思將扇子往掌心一敲。

柯維安感覺自己受到來自隊友的無情傷害。

「行了，柯維安，你負責把結界架一架，別蹲在地上種香菇了。」范相思用腳尖踢踢人，開始下達一連串指令。

「結界架完後，小語一個人留在這裡，我們躲到暗處去，對面的巷子就挺適合的。神紋先別露出，免得神力被發現。有什麼意見，現在可以先說出來。」

「我……」出人意料地，竟然是秋冬語舉手了，「可以去換……任務用的服裝嗎？」

「快去快回。」范相思扇子一揮，面前的纖弱人影轉眼間便消失蹤跡，快得讓人捕捉不到。

「她到底是怎麼把那套魔法少女服裝帶在身上的啊……」一刻喃喃地說。

「女孩子的包包是很神奇的，男生們不會懂的啦。」蔚可可擺出了一副正經的表情。

於是一刻被說服了。

「可可，你們剛剛是在看什麼嗎？」范相思沒忘記方才一群人都擠在欄杆前，看起來就像發現了什麼異狀。

「我們在看那棵樹！」蔚可可趕緊也指給范相思看，「相思，我們覺得那棵樹有點不對勁。」

「嗯……」范相思若有所思地瞇著眼打量，摺扇抵著唇。

「我對妖氣的感覺不算敏銳，沒辦法確定那是不是妖。要是換作鳴火族的小子，大概就能輕易判斷出來了。不過如果是妖，就更好了，引路人說不定會更快出現。我們不轉移地點，多留心注意就是了。要是情況不對，我會一劍斬了它。」

范相思笑得隨性，而她腳下是數道鋒利的劍影綻放，瞬間替這名笑容滿面的短髮少女增添一抹煞氣。

一刻和柯維安對望一眼，同意范相思的看法。

柯維安馬上從背包裡抽出筆電，在鍵盤上敲打出一串俐落的音響。

霎時，筆電螢幕亮起光芒，旋即無數金色篆字自螢幕底下鑽出。它們彼此銜接，像是光帶似地串在一起，一飛入夜空中立時漲大，將這個地帶完全包圍在內。

所有景物產生一瞬間的疊影又消隱。

待神使的結界架設完畢，秋冬語也如鬼魅般落足於一刻他們的身畔。

大大的紫色尖頂帽，華麗異常的短洋裝，還有過膝條紋襪，再加上一把蕾絲洋傘……換裝完畢的秋冬語，活脫脫就是魔法少女夢夢露的真人版。

「小語，有任何不對就大叫，記得千萬別逞強喔。」蔚可可握著好友的手，不放心地千叮嚀、萬交代。

「了解。」秋冬語也回握。

「確定有吃飽嗎？不夠的話我立刻去小七……」

「蔚可可，妳當妳是老媽子、秋冬語是三歲小孩嗎？」一刻受不了地打斷。

「可是，人家就是擔心嘛……」蔚可可戳著手指，低頭咕噥道。

就算知道秋冬語實力堅強，但擔心的事一樣會擔心。

一刻不是不能理解這種感受，他揉揉蔚可可的頭髮，正要叫對方對秋冬語更有信心點，范相思突然插口。

「要不然，我來施點使人安心的小法術怎樣？」范相思朝蔚可可眨下眼睛，貓兒眼笑得狡黠，「可可和小語都把手伸出來給我。」

她這是要幹什麼？一刻摸不清范相思的意圖，以眼神詢問和她認識較久的柯維安。

我也不知道啊，小白。柯維安也誠實地搖搖頭。

不管兩名男性在旁用眼神對話，范相思將摺扇暫時插在口袋，雙手闔起，發出「啪」地一聲。待她再攤開手，掌心上赫然多出一條紅線。

「一邊綁可可的手，一邊綁小語的手……」范相思嘴上說著，手上動作也沒停，三兩下就把紅線各繫在兩名女孩的手腕上，「好了，大功告成啦。」

范相思手扠著腰，滿意地看著自己的成果。

「這線是從紅綃那兒拿來的，她身上也有情絲一族的血統。雖然線無法無堅不摧，不過長度能不斷延伸，不會妨礙人行動。換句話說，只要不解下、不被切斷，就不會搞丟對方了。」

「等等，這算哪門子妳施的小法術？東西根本就是從紅綃那來的啊。」一刻頓覺有詐欺嫌疑。

「哎呀，你在說什麼傻話？」范相思吃驚地反問，「如果真是出自我手，可得要收錢的。況且……女孩們看起來也挺開心的。」

一刻被堵得啞口無言，范相思說得實在太理直氣壯了。

不過她的話也沒錯，一刻必須承認。

蔚可可已一掃愁容，興奮地和秋冬語嘀咕起來，不時再看看彼此的紅線。

一刻也安下心，可是沒想到他一轉頭，就瞧見一雙閃動著亮晶晶光芒的大眼睛正緊盯著自己。

「幹嘛？」一刻謹慎地問。直覺告訴他，柯維安一擺出這樣的眼神，準沒什麼好事。

「小白、小白，親愛的。」柯維安興致勃勃地喊，「人家也想跟你綁一條線，綁啦綁啦綁嘛！拜託！」

柯維安甚至雙手交握、頭仰高，祭出自己的必殺絕招，像小狗用濕亮的眼神瞅著人。

「給你綁脖子嗎？可以。」一刻咧出笑，然而配上森白的牙齒，柯維安不由自主地背脊一寒，耳畔彷彿響起大白鯊的專屬配樂。

「呃……還是不要好了。」柯維安吞吞口水，下意識摸上跟著一涼的脖子，「這馬上會從愛情文藝片變成懸疑恐怖片耶，小白……」

「不想成恐怖片主角，就把你亂七八糟的想法收起來。現在，該幹什麼就幹什麼去！」一刻沉下臉，嚴厲地一聲令下。

不單是柯維安，就連蔚可可也是脖子一縮，反射性地乖乖聽令行動。

眼見眾人迅速各就各位，范相思忍不住都想替一刻展現的魄力吹聲口哨了。

隨著一刻等人躲藏起來，廢棄幼稚園旁的道路上，頓時就只剩下秋冬語一個人。

透過設立在轉角的反光鏡，躲好的一刻等人可以清楚看見那條路上的動靜。

秋冬語神色平淡，即使周遭氣氛陰森詭異，也不曾令她的眼中出現一絲波動。

她緩緩在路上行走，行經幼稚園時又頓步停下，多注視了園裡的古怪樹木幾眼。

幾乎就在這剎那間，空洞的少年嗓音幽幽地在路間響起，像來自遠方，又像緊鄰身後。

「回答我，應允我。」

藏於轉角後的眾人一震，顯然沒有想到目標居然這麼快就出現了，彷彿抓準秋冬語落單的時機。

其中蔚可可的反應最劇烈。

「是這個聲音……是引路人！」蔚可可緊抓著一刻的胳膊，以氣聲緊張地喊著。

一刻沒有貿然探出頭，他瞬也不瞬地緊盯反光鏡，看見鏡面上的倒影中突然飛來一隻紫色蝴蝶。

紫蝶身上像沾著熒光，每拍振一下翅膀，就像灑下細微的光點。

紫蝶慢悠悠地飛舞，從一變二，從二變四，再從四化爲八，飄動不定，有如夜間鬼火。

緊接著，一抹紫色人影如鬼魅般平空出現。

幽暗的焰火在燈籠裡燃動，握住長柄的是一隻蒼白手臂。再來是紫紅色的古怪衣飾，纏繞左足上的紅色布料格外惹眼，垂落在地，宛如拖著一道血跡。

那是一名和一刻記憶中的「引路人」截然不同的少年。

少年手持燈籠，和秋冬語維持了不遠也不近的距離，臉上覆著素白到像是凝結冷冷月光的面具，大大的「引」字張牙舞爪地攀附其上。

一刻深深吸了一口氣，終於浮上真實感。

這是新的引路人，新的都市傳說。

「回答我，應允我，我將替妳提燈引路。」引路人的身形上一秒還在另一端，下一秒卻是驟然逼近秋冬語。

秋冬語還是面無表情，她的眼裡倒映進那張面具。她聽見空洞的嗓音在呢喃，伴隨著蝶翅振動的聲響，從四面八方將她包圍在中央，像是要堵住所有去路。

「我將……帶妳去該去之處。妳已經足夠。」

足夠什麼？秋冬語不知道。

她看見引路人傾近自己，嘴中的舌頭像紅蛇蠕動，吐出蠱惑人、搧動人的毒素。

「所以現在，讓我替妳引路，只要回答我，應允我。」

然後，是不是就能知道這人的目的？是不是就能幫上可可的忙？

然後，秋冬語聽見自己開口說：

「好。」

那是個飄渺的音節，幾乎要被夜氣吹散，然而依舊被身爲劍靈的范相思捕捉到。

那名總是掛著遊刃有餘神情的短髮少女瞬間臉色大變。

「她居然回應了！」

「什麼？」

「小語居然主動回應！別應允妖怪的任何要求，這是基本中的最基本啊！」范相思飛速站起，摺扇在她手中攤展開來，足下劍影成形。

可是就在她要一個箭步衝出轉角的剎那，矗立在路邊的反光鏡猛地應聲碎裂，將倒映在上的影像完全扭曲。

與此同時，空洞幽茫的嗓音包圍住巷裡的數人。

「她回答我了，應允我了，而你們不夠。」

妖異的點點紫光乍現。

不對，那不是單純的光點，而是一隻又一隻散發熒光的紫色蝴蝶。

紫蝶中，紫衣少年的身影轉瞬成形。

「既然不夠，就不得礙事。」

隨著霍然轉爲冰冽的嗓音揚起，無數紫蝶衝飛向一刻等人，就連後方亦有重重紫蝶包圍。

蝶翅震顫，本該是細微的聲音竟放大到有如雷鳴。

不僅如此，那一隻隻紫蝶上的熒光驟成焰火，眼看就要連綿成一片火海，將一刻等人凶猛吞噬。

但是范相思的動作也不慢，腳下早已凝形的劍影即刻轉向，迅雷不及掩耳地離地衝出，呼嘯的劍風吹散前方火焰，開出一條徑道。

說時遲、那時快，一抹人影有若離弦之箭，轉眼就縮短和引路人的距離。

一刻的眼裡滿是戾氣，握緊的拳頭勢不可擋地轟向引路人的臉部。

「宮一刻，蹲下！」

沒有多做思考，一刻反射性蹲低身子。

從後方疾速竄來碧綠光束，正中引路人胸口，然後穿過那變得模糊透明的身影。

「什麼？」一刻大驚，想也不想地往前探抓，卻只抓得一團空氣。最後烙進收縮瞳孔內的，是碎裂的面具，以及一閃而逝的淺藍眼睛。

沒有眼珠，沒有眼白，純粹淺藍色的一隻眼睛。

驚悚的感覺爬竄上一刻的背脊，那樣的眼睛分明就是……

「小白！鏡裡的引路人還在！」

柯維安的尖銳抽氣就像一條鞭子，狠狠抽上巷內所有人。

在破裂的反光鏡上，依然能看見紫衣人影扭曲地存在著。

「兩個引路人!?」一刻的胃像被塞入大量冰塊。

「小語？小語？」不待阻隔的紫焰全數消逝，蔚可可心慌意亂地衝至路上。

可是，沒有了。

沒有引路人，也沒有秋冬語。

黝黑的柏油路上，只剩紅色細線靜靜躺著，另一端卻是空無一人。

線，斷了。

〈半與伴〉完

後記

百罌妹子終於上封面了！百罌妹子終於上封面了！百罌妹子終於上封面了！

因爲很重要所以說三次XDDD

雖然百罌之前有上過彩頁和插圖，但這次是第一次躍上封面啊，看看那個氣勢、美貌，不愧是繁星大學的校花！

至於旁邊像是要攬腰的曲九江同學……因爲不是美少女，所以就跳過不談吧。（喂）

其實呢～夜風大說她在畫卷十一封面的時候，因爲不知道要把曲九江的手放在哪邊，所以最後讓他拿了他的武器。這個意見立刻獲得我和編輯的大力贊同！百罌可是美少女，我們都還沒摟過美少女的腰，怎麼能讓曲九江擁有這種福利呢？

是說這次封面和拉頁有大小美女治癒人心，大家看了有沒有覺得一陣幸福感迎面撲來～～～

我就覺得超幸福的。（正色）

卷十一中，維安的故事終於是告一段落，不過不代表他就沒戲分了。他可是神使的男主角之一喔，所以留言詢問的朋友們不用擔心。

關於維安究竟是人是鬼？嚴格說起來，就是禁制沒崩壞的話是人，反之是鬼。也可以把他當作「半」來看待，半人半鬼。

另外後半段的劇情雖然是個不算大的事件，可是眼尖的人應該會注意到，劇情開始要往小語路線走了。被引路人帶走的小語會發生什麼事？其他失蹤的妖怪和引路人真的有關係嗎？解答～～就在下一集裡面！

而在文裡提到的另一位引路人，有興趣的人可以翻閱《織女》第五集，她是一個和新引路人截然不同的神祕女性，當初也讓一刻等人嘗到不少苦頭。

最後又是一貫的～～～

關鍵字預告！

倒錯的世界、紅線、引路人的目的……

我們卷十二見了XD

醉琉璃

神使繪卷の小劇場！

胡十炎

喂？柯維安嗎？有個小任務要你去處理一下，會有人去幫你的，接受以外的答覆我會當沒聽到。

柯維安

老大，你這是赤裸裸的暴政……

不，我什麼也沒說……

那個「有人」是誰？我家小白嗎？還是外縣市的神使？可愛嗎？萌嗎？如果是正太、蘿莉更棒了！

胡十炎

對我來說可愛的就只有夢夢露，至於是不是蘿莉、正太嘛……對我來說是正太沒錯，他應該馬上就到你那邊了。

柯維安

喔喔喔喔！愛死你了，老大！等等，我聽到門鈴響了，我去開個門……

靠！老大你唬爛我！為毛是黑令!?這種身高快破兩百的人有什麼資格叫正太啊啊啊！

胡十炎

所以我不是講了嗎？對我來說是。單純就年齡來講，十幾歲和六百歲比起來多小啊。（正色）

神使繪卷
The Story of GOD's Agents

【下集預告】

神使繪卷

The Story of GOD's Agents 12

都市傳說再起，提燈引路者再現。
在眾人眼前消失的秋冬語，將被引去何方？
面具下，驟現的一抹淺藍，
是錯覺？抑或真的與「唯一」有關？

卷十二．提之燈與引之線

4月，火熱推出！

國家圖書館出版品預行編目資料

神使繪卷. 卷十一 / 醉琉璃 著.
——初版. ——台北市：魔豆文化出版：蓋亞文化
發行，2015.02
冊； 公分.（Fresh；FS080）
ISBN 978-986-5987-59-6
857.7 102019923

fresh
FS080

神使繪卷 11

作者 / 醉琉璃
插畫 / 夜風 封面設計 / 克里斯
出版社 / 魔豆文化有限公司
地址◎ 台北市103赤峰街41巷7號1樓
電話◎（02）25585438 傳真◎（02）25585439
部落格◎ gaeabooks.pixnet.net/blog
臉書◎ www.facebook.com/Gaeabooks
電子信箱◎ gaea@gaeabooks.com.tw
投稿信箱◎ editor@gaeabooks.com.tw
郵撥帳號◎ 19769541 戶名：蓋亞文化有限公司
發行 / 蓋亞文化有限公司
法律顧問 / 義正國際法律事務所
總經銷 / 聯合發行股份有限公司
地址◎ 新北市新店區寶橋路二三五巷六弄六號二樓
電話◎（02）29178022 傳真◎（02）29156275
港澳地區 / 一代匯集
地址◎ 九龍旺角塘尾道64號龍駒企業大廈10樓B&D室
電話◎（852）2783-8102 傳真◎（852）2396-0050
初版一刷 / 2015年2月
定價 / 新台幣 220 元
Printed in Taiwan

ISBN / 978-986-5987-59-6

FS080

神使繪卷 11

魔豆文化　讀者迴響

感謝您在茫茫書海中選擇了魔豆，您的支持是我們最大的動力。
不要缺席喔，讓我們一起乘著夢想的羽翼，穿越時空遨遊天地！

姓名：　性別：□男□女　出生日期：　年　月　日

聯絡電話：　手機：

學歷：□小學□國中□高中□大學□研究所　職業：

E-mail：　（請正確填寫）

通訊地址：□□□

本書購自：　縣市　書店

何處得知本書消息：□逛書店□親友推薦□DM廣告□網路□雜誌報導

是否購買過魔豆其他書籍：□是，書名：　□否，首次購買

購買本書的動機是：□封面很吸引人□書名取得很讚□喜歡作者□價格便宜□其他

是否參加過魔豆所舉辦的活動：
□有，參加過　場　□無，因爲

喜歡出版社製作什麼樣的贈品：
□書卡□文具用品□衣服□作者簽名□海報□無所謂□其他：

您對本書的意見：
◎內容／□滿意□尚可□待改進　◎編輯／□滿意□尚可□待改進
◎封面設計／□滿意□尚可□待改進　◎定價／□滿意□尚可□待改進

推薦好友，讓他們一起分享出版訊息，享有購書優惠
1.姓名：　e-mail：
2.姓名：　e-mail：

其他建議：

廣告回信　郵資免付
台北郵局登記證
台北廣字第675號

魔豆文化有限公司　收

103 台北市赤峰街41巷7號1樓

魔豆

魔豆